别让我消失

刘书宇 著

上海文艺出版社

目 录

你们活着吧 ...1

我就是喜欢失去的感觉 ...27

你为什么不去找个厂上班 ...45

我每天心情都不好 ...71

续杯 ...145

闭嘴 ...159

脂溢性皮炎俱乐部 ...178

做个人吧 ...216

客户说什么都是对的 ...244

别让我消失 ...263

你们活着吧

刘林海让我去广陵镇参加一场丧事，说是计春萍家儿子死了，他有事，去不了。说罢塞给我五百块钱，又抽了两百回去，"又不是多熟的人，没必要这么多，是吧！"

是不怎么熟，死者叫春狗，我们家以前的租客。年纪轻轻的怎么就死了，我不知道。他妈跟我们家有些生意上的联系，便通知了刘林海，只说人不在了，谢谢我们家那些年的照顾。

我并不想去。"能有什么事？打牌罢了，还输得精光，倒不如把钱都给死人。"我抱怨道。刘林海问我，"你他妈到底是不是我儿子？"

好问题,我倒希望不是。刘林海说他也是这么想的。

现在正是冬天,特别冷,冷到我只想闭嘴,冷到我们养在院子水缸里的鱼都被冻死了。那条鱼活了好多年,外婆买回家准备杀了吃的,可就在要给鱼开膛破肚之际,我可怜的外婆突发脑溢血,撒手人寰。她是个好人,出事之前还在念叨,要给镇上的瘸子做一条鱼吃,"他太可怜了,太可怜了。"

"这条鱼怎么办?"外婆死后,刘林海问我们。我说我不想吃它,看到它我会哭的。看得出来,他挺想吃,但我坚决不让。总之,那条鱼就被留了下来。每到冬天,鱼缸里的水被冻成冰块,我们都以为它凶多吉少了,可是春天化冰之后,它又会活蹦乱跳地出现在我们面前。我们也不怎么喂它,偶尔扔几粒米进去。"又被扣工资了,哪有钱买鱼食,一块钱面条能吃两顿呢。"刘林海总是这么说。而我妈会说,"和婊子下馆子倒是有钱。"然后刘林海就生气,就摔门,就出去和婊子吃饭。没有人喂鱼。

就是这样一条怎么也死不了的鱼,却被冻死了。一整个冬天我都躺在被窝里,哪里也不愿去,除了考驾照。我甚至觉得科目二挂了就是因为天太冷,而不是因为我是个弱智。

刘林海说:"不要给自己找理由!车里没空调吗?"

我说:"和你一起进厂的人都做老总了,你怎么还是个工人?"

刘林海说:"我命不好。"

我学道:"不要给自己找理由!"

刘林海不说话了,找个地方吃花生米,边吃边劝我,"你也要学着应对这种事情了,每天都有人死,说不定明天我就没了呢!诶,活到我这个年纪就开始时不时参加丧事了。"

接着他便开始报名字,哪个死了,死了多久了;哪个活不长了,快死了;哪个几年前就说要死,怎么还赖着不死。"礼金都涨价啦!去年三百,今年要五百。什么都在涨,就是工资不涨,他们早点死我也好少花点钱。"

我说:"和我有什么关系呢?不就一群人去吃吃饭,给点钱,说些自己都不信的话?"

刘林海急了："你看看你每天什么事都不干，就知道睡觉，你是猪吗？如果不是要赚钱养家，我至于让你去吗？白养你了，长这么大，不知道为家里分担压力，我同事儿子打寒假工不知道往家里拿多少钱呢！"

"拿了几百块钱回家就以为自己不得了了，男人就是这种东西。"这是我妈离开刘林海之前说的话，我觉得挺有道理的。

我不想听爹抱怨，就拿着钱出门了。骑着我妈留下来的金鸟摩托，一个已经销声匿迹的牌子，在三四线小镇偶尔还能看到，噪音很大，尾气相当重，骑它得躲着交警。

"你爸给我这辆摩托车的时候，他还没有变成一个畜生。"当年，在我妈决定骑车去撞死刘林海之前，她如此说道。

那是很多年前的事情了，她没有成功，两败俱伤。那时候春狗也在，他问我："怎么平时只见到你妈，见不到你爸？"我说，不知道，他们好像要离婚了。他就说："没啥，我爸妈已经离了。我爸还坐牢了，你说好玩不好玩。"

说这话时他傻傻地笑着，我也跟着笑。我妈和刘林海还在搏斗，她的刺杀以失败告终，小摩托车撞不死人，她从车上飞了出去，滚了好远，但也没就此收手。她冲向已经报废的摩托车，从后备箱里拿出一把菜刀，想一刀砍了刘林海，反被他打了几拳，鼻青脸肿，满脸是血。她对我喊道："儿子，帮我杀了刘林海！"我被吓到了，开始哭，她也跪在地上哭，说些"白养你了""一群白眼狼"这样的话。最后，在所有人都不知道该怎么办时，是春狗用一辆小三轮把我们送去了医院。他说，类似的场景，他见得太多了。"打打就好了，哪有不打打杀杀的家庭，没有的。"

不知道春狗经历过什么，在人们眼中他其实是个很普通的男孩子，头发有点长，很懒，不爱洗头，不爱说话，人挺白，夏天老是只穿着一条内裤在屋子里跑，和大部分乡下小孩没什么区别。听我妈说春狗是安徽人，亲生父亲偷东西坐牢了，随着他妈改嫁到这边。可是他妈的新任丈夫不认这个儿子，于是他妈就给他找了个在饭店打杂的工作，在我们这儿租了间房，就算安排好春狗了。

"安徽人,真的不要紧吗?"得知家里要住进来一个安徽人,刘林海很担心。我们家后面已经住着一家安徽人了,靠捡垃圾为生,有四个孩子,每到夏天,那些小孩都能把家门口的臭水沟变成游泳池。我很喜欢和他们玩,我曾在泥水里挖到过一只小龙虾,很开心,把它带回家,想养着。我妈却很生气,她把龙虾扔掉,用肥皂一遍遍清洗我的手,皮都破了。她再三告诫我,不要和那些没娘老子管教的孩子玩。

我不理解,我喜欢和没爹没妈的孩子玩,他们比学校里爹妈双全的孩子有趣多了。学校里的孩子只会问你这道题会不会,而不会和我讨论电视剧的情节,他们以不看电视为荣。我上小学三年级时的班长就说过:"我妈妈说,电视看多了会近视。"第二年他就戴上了眼镜。我可不想和这样的人一起玩,我依然往泥地里跑,往垃圾堆里钻,直到有一天刘林海给了我一巴掌,教育我说:"不准和他们玩,你看看安徽人家里什么情况,你看看!"

我觉得和我们家没什么区别。安徽小孩的父亲是个不干活的男人,每天坐在门口喝散装白酒,母亲是个哑巴，我总是见到她抱着最小的孩子在给人称废品，阿巴阿巴，阿巴阿巴。附近的小孩会嘲笑她，把随手捡到的垃圾故意送到她手里，她就会阿巴阿巴地比划着，估计是在告诉我们，她不收这些东西，然后大家就开始笑。

我十岁那年，安徽男人因为偷东西被警察抓走。他没事就去附近工地晃悠，趁人不注意，顺点木材板子回来，没多久他们家门口就堆满了木板，有时候还能见到不错的木门和桌子。他没有做木材生意，而是把那些板子劈开当柴火烧。过了小半年，警察找上门，安徽男人坚称那是他捡回来的废品，但仍然被铐走了。那天我站在阳台上看着他们，男人低着头，女人拽着男人的手，他们最小的孩子一岁不到，被一条破布系在女人怀中，他不停地哭着，声音招来周边邻居，人很多，像过节。

男人被抓之后，我家后面的屋子——准确来说是一个巨大的塑料帐篷，又住进来一个男的。新来的好一点，会出去干点活。我家门口还有一条河，不少老哥带着一块木板，躺在码头边，等着有人来给他们派活，也就是做小工，拉砖头、运沙袋，赚得不多，但够吃饭。有一天，他干活的时候跟沙袋一起沉入水底，再也没有浮出水面。从此，我家后屋就只剩哑巴女人和她的四个孩子了。

出了这些事情，安徽人在小镇的评价就不怎么好了，很长一段时间里，我们用"安徽人"代指小偷、乞丐。

有几年，一到夏天，镇上就会出现一些外地来的乞丐，一身破烂，拿着一个碗，说着我们听不懂的方言。他们不要钱，只要吃的，人们叫他们"呆子"。"呆子，过来！"我就听过邻居这样使唤一个乞丐，"我去给你搞点吃的。"然后他到猪圈里搞了点猪食盛到乞丐碗里。我跟隔壁玩伴说他爹是个变态，邻居一脸严肃地说："小孩子懂什么？他又不会真的吃掉。"

乞丐倒也不生气，只是倒掉碗里的东西，继续往前走。到了我家门口，外婆叫住了他，给他盛了一碗饭，添了些肉片。

"搞点剩饭剩菜好了呀，我看你才是呆子！"有围观的人就这样说我外婆。外婆则说："每年夏天都看到，怪可怜的，也不知道哪里来的。"

"安徽来的吧，报应东西，现在社会不说别的，有手有脚干什么不好？当心晚上他们偷你家东西。"

其实我们家也没有什么可以偷的。

在小镇，"偷"是一个神奇的字眼，闲聊故事不是谁又被偷了，就是谁偷了又进去了，有段时间我甚至觉得人和人的关系就是偷与被偷的关系。

说到"偷东西"，小学时每次新年开学的第一堂课，我的数学老师都会讲他在友谊广场被安徽人偷了钱包，这让我印象深刻。有次我没带作业，他给了我一巴掌，说没带就是没做，并且问我："你他妈不想成为安徽人吧？那就给我好好学习。"他总是拿安徽人做反面教材，咬牙切齿，恨之入骨，好像安徽人杀了他妈一样。

数学老师是远近闻名的大孝子，"我对母亲的爱胜过一切。"他总把这句话挂在嘴边。在他妈刚开始忘记周围人名字的时候，他就让他妈把银行密码社保卡号都写了下来，随后火速把她送去了农村养老院。那些年，靠着母亲的退休金，数学老师的日子过得很滋润，用诺基亚手机，穿鳄鱼牌皮鞋。数学老师的儿子也在我们班，总是用最新的电子产品，二十一世纪初，他就有MP3用了。我直到上高中才拥有自己的MP3，还是他送我的。他说:"这玩意儿早就被淘汰了,现在是智能化时代。我妈给我买了苹果,苹果知道吗?苹果!"这同样让我印象深刻。

不过数学老师也不是一直都很滋润,某日,在被他同为小学老师的老婆发现跟小镇唯一的大学生英语老师乱搞之后,他就失去了工作。回家后,他妈也死了。一无所有的他在友谊广场给人刻过一阵子墓碑,我们不知道他还有这样的绝活。"什么时候给他自己刻一个吧!"他教过的学生就会说这样的话。其实他没什么生意,干了没多久就收摊走人了,"安徽人把我的石料都偷走了。"他这样给大家解释。

据说他老婆就是安徽人。

总之,该死的安徽人,安徽人该死!这就是当时我们一部分人对安徽人的认知。

我们,苏北人。

所以,当得知春狗是安徽来的时候,刘林海就问:"这样真的好吗?"

我妈说:"人家一个月给一百五十块钱房租,你往家里拿一百五十块给我看看呀!"然后刘林海就不说话了。

那段时间，我妈再三叮嘱我，平时待在自己房间里，不要出去瞎鬼混，跟那些没有娘老子教育的孩子一起玩，这其中自然包含春狗。

春狗住进我家那年他大概十五岁，每天起得比我早，我六点起床，六点半到学校上早读课，出门时春狗就已经不见了，我晚上做完作业他还没有回来。他不怎么爱说话，见到我爸妈也不叫人，只是腼腆地笑一笑，低着头快速跑进屋里。"真没礼貌，家里跟有个鬼一样！"刘林海评价道，"和我们厂里那个安徽人一模一样，我老工人诶，见到我像没看到似的，什么玩意儿。"我妈就说："你什么玩意儿，人家工资比你高，技术比你好，你说你什么玩意儿？"

我们不知道春狗每天都做些什么，他的衣服老是泡在水里，好几天，发臭了，外婆还在的时候就会帮他洗掉，边洗边说这孩子真可怜。有次我们去他工作的饭店吃饭，他装扮成印度人做甩饼，这是当时小镇餐饮界的潮流，还有日本流、越南流和泰国流，需要服务员假装听不懂中文，做饭之余兼顾杂耍表演。春狗看到了我们，很快就转移了视线，低头继续工作。刘林海说："这孩子，确实没礼貌，怎么也得招呼一下我们吧？我们只收他一百五啊！一百五。"

不过有一天，我们在家里吃晚饭，春狗从外面回来，进房之前和我们打了个招呼，说不要去他上班的地方吃饭了，用的都是地沟油，对身体不好。刘林海就改口说："春狗这孩子还是不错的。"

此事大家略有耳闻，据说每到凌晨，三江路上就会出现一堆餐饮店老板，他们打开下水道盖子，排队捞潲水。有种说法是，第一勺是最好的。某日，为了争夺第一勺地沟油，几个老板大打出手，其中一位身材瘦小的中年男人不慎坠入下水道，被救上来时，已经没了气息，"就像一只死在琥珀中的蟑螂。"——《靖江日报》二〇〇四年六月十四日的一块豆腐干消息这样写道。春狗说，那就是他的老板，"老不死的终于死了。"不过他们店很快又换了个老板，员工考核更加严格了，这是那个夏天最让春狗伤心的事了。

春狗一般白天上班，晚上睡觉，休息日也闷在房里不出来，如此大半年，他开始夜不归宿，听说是去网吧了。他的母亲偶尔会从隔壁广陵镇过来看他,要避开丈夫的闲暇时间,不能让他发现。丈夫是放高利贷的,基本上每天都是闲暇时间,也只有外出鬼混的时候不在家里。

得知儿子总是夜不归宿,老在外面玩游戏,春狗他妈觉得这样下去不行,我们那破地方的网吧里都是她老公那样的畜生,说不定就把他带坏了呢!

"他们家租过来的安徽人,老是半夜才回家,也不知道去干什么。"某次,听邻居闲聊,他们是这样讲春狗的。春狗母亲的担忧也不是没有道理,为了让儿子不至于变成一个别人口中的怪胎,她就给春狗配了台二手电脑,让他在家里玩。

家用电脑在小镇刚刚开始普及,我家也有一台,为了防止刘林海出去乱搞,我妈花了多年积蓄买的,希望刘林海能爱上游戏,不再沉迷和女同事在车间里乱搞。然而事与愿违,游戏哪有爱情好玩,倒是便宜了我这个废物。

我与春狗的交流,多半是游戏上的事。家里用的铁通网,便宜,等于白送,但网速很慢,下电影只有60K

一秒，接了根线给春狗，发现我们谁都没法玩了，我们便联机玩魔兽和CS。我的电脑在杂物间里，双休日可以玩一玩，平时我妈上班都把门锁住。她在工厂三班倒，总是半夜爬起来上班，上到半夜。她三班倒了一辈子，从来不会忘记出门锁电脑，可能是怕我沉迷其中，也可能是心疼电费，后者可能性比较高，因为夏天上班她会把空调遥控器带走，但她不知道掀开空调外壳有个按钮，按一下就可以启动。交不上电费被断电，刘林海又总住在外面不给生活费，可以说是最让人绝望的时刻了。"我不会忘记那段经历的，太辛苦了，为了养你。"她总是这么说。我成年之后，即便日子已不再那么艰苦，她依然不停地回忆，仿佛能从苦里回味出甜来。

我妈上夜班那会儿，我不睡觉就跑去春狗那里玩。春狗房间虽小，好玩的东西挺多，他有一把破破烂烂的吉他，屋里堆着漫画书，他还养了一只八哥，通体黑色，在笼子里跳来跳去，春狗每天都跟它讲"老板老板，恭喜发财"，我问他干啥呢？他说他在许愿。

不知道说了多少遍"恭喜发财"，那只笨鸟就是不开口说话。春狗便问我："你说我是不是发不了财了？"

我哪知道，我没见过真正发财的人。

在我们家住了一年，春狗开始往家里带男孩子，各种各样，红毛的，黄毛的，胖的瘦的，年纪大的年纪小的，他一度与那些人发生争吵，某次甚至还招来了警察，春狗的左耳被咬掉了。

警方结案认定为朋友间的正常纠纷，"情绪上来了，就会做出不理性的举动！就像你妈要捅死你爹一样，都是正常的。"无数次因为我爹妈互捅而往我家跑的夏警官如此解释。我们却觉得事情没这么简单。"怕不是聚众吸毒？都是黑社会啦，他个小混混，你又不知道他社会成分的！当初我老公骗我出去搞外遇，没想到是吸毒，吸了毒还把人弄伤了，进去了呀！"隔壁女主人如此说道，我们确实有点怕了。

"要不就把他回了吧，几百块钱房租嘛，我也能赚的！"刘林海说。

我妈说："你少和婊子吃饭就没这些事了。"

我们准备让春狗走了，但在开口之前，春狗却主动来赔礼，保证以后不会再发生这种事情，并且接连几天都要给我们做饭。不知道是谁教他的，略显笨拙。"倒也没必要这样。"我妈说。刘林海说的是："太他妈难吃了，也不知道上的什么班，我要是他老板，早他妈把他辞了。"

我妈去了卫生间，看着春狗那些被泡得发臭的衣服说："这孩子，是挺可怜的，也没人照顾。"她帮他把衣服洗了，边洗边说："要是妈还在就好了。"要是外婆还在就好了，我也这么想。

春狗留了下来，和一只不会说话的鸟住在一起。他对着鸟说话的次数越来越多，还是"恭喜发财"，偶尔蹦出几句英语，"hello"什么的。春狗的母亲还会来看他，但和以前比，频率明显变低。有一次我放学回家，发现他们在房间里吵架。春狗的母亲劝春狗把工资交给她，春狗就发脾气，把所有东西都砸烂，然后跑出去，好几天不回来。

"我能怎么办？我能怎么办？我还有两个孩子要养，我管不过来的。没钱怎么行，他不存钱怎么行？我能赚到钱就好了。"望着空寂无人的房间，春狗的母亲向我妈哭诉，说着说着眼泪就流了出来。

养孩子确实不容易，大家都没钱，大家都想搞钱，大家都搞不到钱。我大伯远走广西，被困传销组织长达两年，被解救归来后告诉我们："他们伙食没有苏北传销好。"他在传销组织七进七出，半生漂泊，一分钱没搞到，大伯感慨："早知道当个保安，安安稳稳过一辈子多好。"

本人表哥，谎称被国外大学录取，家族荣耀，系于一身，我奶奶棺材本都拿出来了。他一去就是十年，春节都不回家，直到某天警察通知去派出所领人，我们才知道此人一直在祖国大地上游荡，从苏北一路偷到东北，再从东北一路偷到海南。他在派出所七进七出，半生偷盗，一分钱没搞到。谈及往事，他说的是，"早知道就不活了。"

"都是废物！"刘林海评价道，"我们家也只能看我。"

在所有人都搞不到钱的时候，春狗他妈曾经带过一些保健品来我家，说是她丈夫做的产品，问我们有没有兴趣帮她卖。"很有效果的，能治癌症。"

我见过那东西，据说是一种日本的菌类，养在搪瓷盆里，黑乎乎，黏黏的，像鼻涕，"想吃了就挖一勺，煮一煮能治癌。"

我妈觉得这是骗人的，刘林海却很感兴趣，他觉得他就快发财了。他总是没事就往仓库跑，和他的保健品待在一起。仓库没有窗户，黑漆漆一片，我想开灯，他便会训斥我，"这东西不能见光。"

我问："那是什么？"

他说："是钱，知道吗？是钱。"

他只卖出去一份——卖给了我奶奶。她老人家身体一直都很好，认识的老人都去了，就她还在，过了八十岁，每天坐家里流眼泪。问她怎么了，她说："莫得人陪我打麻将咯，活着有什么意思哦！"

对此刘林海很骄傲，觉得这都归功于他的保健品。发财，已经不是遥不可及的事情了。但明眼人都看得出来，他是发不了财的，市场反馈显示，"卖屎都比这东西赚钱"，而且大部分人"宁愿吃屎都不吃这玩意儿"。

所以每当春狗和鸟儿说"恭喜发财"的时候，刘林海就很厌烦，"那鸟什么时候死！"他还问，春狗什么时候搬出去。"我看他整天跟鸟说话，这孩子是不是不太正常？妈的，晦气。"

那段时间，离婚之前，爸妈经常吵架。

"我又看到你和那个婊子在车间乱搞了！"

"你给我立刻让那个人搬出去，我受不了这个家了，为了几百块钱，我受不了了！"

"这么多年，你有往家里拿过一分钱吗？"

"我在赚钱！你不要说了！我在赚钱！"

大概就是这样的内容，我不确定春狗是否听到，不过距离他离开的日子也没有很远了。

有一天家里来了个陌生男人，瘦骨嶙峋，一头白发，满脸皱纹，那绝对是我见过最可怕的人，像是一张脸长在树上。他一来就坐在春狗房间门口，操着方言，我勉强听懂了几句，比如，"不要管你妈那个贱人。""不要不听话，你是畜生啊！"再比如，"你个白眼狼，白养你了！"还有，"你他妈到底是不是我儿子？"这些话我很熟悉，爹妈就是这样教育我的，所以我大概能听懂。也许天下父母都是这样教育孩子的。我知道，他们只是想要一个答案。

男人打碎了春狗的显示器，便离开了，"吵架的时候，有什么砸什么，这就是男人。"我妈离开刘林海之前说的话，我觉得很有道理。

男人走后没多久，春狗提着鸟笼从房里走了出来，挂在院子里晒太阳。他闷闷不乐，也不说"恭喜发财"了，就那么站着。第二天晚上我放学回到家，想找春狗玩游戏，但他的房间里空荡荡的。我问春狗人呢？我妈说："走了，那男人是他爸，刚出来，带儿子回去。"

我说："这就让他带走？"

我妈说："那有什么办法，你不要管闲事，人家亲爹。他妈也是这么想的，还是个孩子呢，带在身边就是个累赘，能怎么办？这个结果，你好我好，大家好。"

刘林海接过话说："可算走了。晚上吃什么？"

晚上喝粥。他掀开锅盖，摇摇头，出去了。

"又跟婊子吃香喝辣的去了！"我妈说，她还把锅给砸了。第二天去镇上找铁匠补锅，花了十块钱，她很后悔。

其实我能理解刘林海，我也不喜欢喝粥，但我们只能喝粥，毕竟春狗走了，几百块房租也就没了。我妈安慰我说："这种事情很常见，没什么，以后还会有人住进来。先艰苦一阵子。"

先艰苦一阵子，我妈比较喜欢说的一句话，但我们都不知道一阵子是多长。她还给我展示了她从菜市场买回来的方便面调料，我喜欢吃方便面，但他们很少买给我吃，零零年代初，一桶方便面三块钱，"买挂面够吃四顿了。"我妈从菜市场买回来的调料，五块钱，够吃一个月，味道和超市里卖的方便面一模一样，这真是生活中为数不多让人开心的事情了。

很突然，春狗就这么消失不见了。后来我们家还有别的租客住进来，再后来我的父母分开，我短暂地离开过那栋房子，回去又离开，发生了很多事情。总之，时间长了我便把春狗给忘记了，再一次提到他，竟然是他的丧事了。

去广陵镇并不远，只是道路有些泥泞。天冷，刚下过雪，我们养了多年的鱼被冻死了。摩托车到了村口就无法继续前进，这破烂摩托，这要命的天气，我感觉自己像走在冰块上，在摔倒三次之后，终于有人注意到我了，是个穿黑色便服的中年人,他问我:"你哪里来的?"

我说:"刘家垛。"

他说了声哦,便带着我穿过院子。他满脸笑容,说这么冷的天,他们也不想的。

我说:"太冷了,我过来都快被冻死了。"

他把我拉到一旁,小声对我说:"死的是我后妈的儿子,其实跟我们家没什么关系。"像在说一件不得了的秘密,就好比五金店老王的儿子不是亲生的,村头王裁缝的女儿死在传销组织里,刘总是怎么完蛋的? 乱搞男女关系……这些都是秘密,人尽皆知,但因为是秘密,说出来的时候要小心翼翼,悄悄地说,期待对方露出不可思议的神情,接着声情并茂,艺术加工,我佩服你知道那么多,你佩服我是个不错的伪装者,一个无聊的下午便能安然度过了。

这就是苏北小镇。

我故意做出一副惊讶的样子,我说:"啊呀,居然是这样的,那我们都不晓得,都以为是你们家老三诶。"

那人一下子就精神了,起劲了,不再小声说话,而是叫了出来:"怎么可能!活都不干的!就是个废人!在这儿多少年了我和你说哦!"

这时候,听到动静,大家都围上来听故事了,然后那人又不说话了。

院子里人很多,一眼望去,至少十张桌子,伴随着哀乐,一帮人坐着吃饭,他们都面带笑容,时不时有人站起来,跑别的桌子去敬酒。最里面,靠近大堂的那张桌子上突然站起来一个很胖的中年男人,举着酒杯,喊了声"侄子啊!"我身边的人答应了一声,便跑了过去。

没故事听了,大家就散了。

这让我想到小时候,一远房亲戚去世,他们家办丧事,整个镇上的人都来了,摆了三十多桌。听说请的是城里最好的厨师,我第一次吃松鼠鳜鱼就是在那里,我很喜欢吃,可是只吃了一口就被隔壁桌的老太太端走了,她笑着对一个小孩说:"不哭不哭,这里还有。"从那以后,我就了解了丧事到底是怎么一回事,就是请客吃饭啦!

我穿过进食的人群,走进了大堂,一口棺材摆在大堂中央,有人跪在地上哭,他们是专业哭丧的,哭一场能赚两三百，挺不错。没人注意到我，我四下走动，透过棺材上的玻璃，我看见了一张惨白的脸，那是春狗吗？

从房内走出来一男一女，男的手里拿着红包，对哭丧的人说："别哭了，吃饭去吧。"他们便擦了擦眼泪，出去了。

喜笑颜开。

女人就是春狗他妈了，她还认识我，她问我，怎么来得这么晚？家里还好吗？你妈身体怎么样？你爸去哪里赚大钱了？我说："我妈还好，我爸不是跟着你在卖那啥嘛。"

此时男人走了上来，他说："这就是刘林海的儿子吗？我跟你爸爸是生意上的伙伴，关系很好的！"

我觉得我得说点什么。

我说："叔叔阿姨，节哀顺变。"

男人没什么反应，春狗的母亲只是低头叹气。我掏出我爸给的钱，春狗他妈接过钱，又转交给了那个男人，他拿到钱便回屋里去了。

也许我应该再说些什么。

我问春狗他妈:"春狗不是跟他爸回老家了吗?"

听到对话,男人从屋里出来,说:"他爸又进去了,他又跑回来找我们,还生了病,害人!又不是我儿子!"

我很疑惑,春狗他妈则说:"就那样嘛,生病,治不好的。"

她轻描淡写地说着,擦擦桌子,看看外面,招呼一下喝酒的人们。

她让我坐下,吃点饭,我说:"就这样了?"

春狗他妈叹了口气,说:"还能怎么样啊,心都挖给他了。我又不是不给他治,他还留个纸条,写的什么你们活着吧!这是什么话啊?我心都碎了。"

说着说着,春狗的母亲就哭了出来。那个男人说道:"哭什么哭,有什么好哭的。没良心的东西,白眼狼,喝农药是吧!废物东西。"

我不知道说什么好了,我挺难过的,倒不是因为他们说的话,而是有那么一瞬,我感觉春狗还活着,我还是十来岁,我们坐一起打游戏,他问我:"怎么平时只见到你妈,见不到你爸?"我就说,"不知道,他们好像要离婚了。"他就说:"没啥,我爸妈已经离了。"就是那种感觉。

　　走出大堂，我找了个位子坐了下来，对面是一个老头，他面前摆着瓶白酒，桌上已经没什么可以吃的东西了，满是食物残渣。食客们都吃饱喝足，一个个起身离去。不远处的桌子上，哭丧的人围成一团狼吞虎咽着，厨师停下了手头的工作，哀乐停止了，头顶那片塑料棚子被风吹得噗啦噗啦响。

　　寒潮降临，天还会变得更冷，我已经二十多天没见到过太阳了。

　　寒风中，那老头举着杯子说："后生啊，喝一杯。"

　　我不喜欢喝酒，但我想喝。

　　我去找了个杯子，陪他喝了一杯，太难喝了，我被呛到了，甚至流了点眼泪出来。流泪的感觉不怎么好，我也没有胃口继续吃东西，起身想离开，这时身后的屋子里突然传来几句人话，"死吧死吧死吧死吧！"清脆悦耳，我驻足仔细听了会儿，可是除了男人那句"看看你儿子养的东西"，便再没有别的声音了。

我就是喜欢失去的感觉

没有人记得徐州的 Sad Tom，包括他的中国女友王妍女士。没人知道这是怎么回事，似乎这个人就没有存在过。

王女士我倒是记得很清楚，她是卖麻辣烫的，兼卖手机配件。我在她那里拿到过一个索尼充电宝，"大活动！吃二十五块钱荤素套餐送充电宝！"差不多就是这个样子，我当时还挺开心。那时我还在上学，没什么钱，一个月生活费八百块，偶尔会被父亲辱骂，说你是不是猪，能吃八百块钱，老子厂里干一天才二百不到，你是不是猪？

这让我想到同宿舍的宿迁男孩一个月生活费是四千

块，他曾经声称这点钱只够吃饭的，不知道他是不是猪。

他当然是猪了！因为他弄丢过我的充电宝。具体来说就是这位宿迁男孩跟我一样同为二百斤肥宅，他去北京玩，问我借充电宝和身份证。我说你身份证呢？他说丢老家了。我说你为什么要用我的，被查出来怎么办？他说不会的，肥宅都长得差不多，相似程度跟体重成正比。然后他打开了手机前置摄像头，我们长得确实挺像的。

我又说你不能过一阵子去北京吗？让你妈把身份证寄过来。他说不行，"我女朋友在等我呢，下个月她就要去日本读书了。"我只好把充电宝和身份证借给他了，他把网盘会员借我用了一个礼拜。一个礼拜后，回到徐州的他告诉我，他把充电宝和身份证弄丢了。

"你他妈是双手举着我的身份证和充电宝去看的升旗吗？那边是不是有什么许愿池你就扔进去了？"我很生气，他说他不记得了，反正就是丢了。我又问他："那你没身份证是怎么坐高铁回来的？"他说他在五道口随便找了个胖男孩，人家就把身份证借给他了。

这件事过去后差不多半年,我带着从王女士那里得到的充电宝跑去北京玩,半夜零点,我在银河SOHO,被我的好朋友王大放了鸽子。王大是个导演,什么都还没有拍过。"出来混你得有个头衔啊,不然你混个屁。"第一次见王大时他就这么跟我说。那是在一位作家朋友的生日宴会上,我谁都不认识,就去蹭个饭。本来也不想去的,我第一次去北京,十八岁,见我的网恋女友,可是到了北京她就不愿意见我了,那我只能去蹭饭了。

我们吃了宫保鸡丁、口水鸡、片皮烤鸭、地锅鸡、地三鲜、京酱肉丝、大白菜炒肉片、蚝油生菜,好像还有爆炒腰子,反正挺难吃的。还没吃呢,那帮老东西就开始互吹。一个老东西说:"你那本书我看了,比村上春树写得好,都是写青春的孤独,现代都市中人的疏离感,你比他更疏离。"

另外一个老东西明显不高兴了:"和村上春树比?那你是看不起我啊!我应该是乔伊斯那种级别的。"

原来那个老东西又说:"没有没有,你不要看不起村上春树。最近有种论调——村上是书商包装出来的,喜欢村上是一种刻奇。妈的张口刻奇,闭口昆德拉,都他妈矫情。"

我的作家朋友,三十五岁的励志文学作者,具体是谁不讲了,年入千万那种,他摆摆手说:"我也这么觉得,但是我不敢讲啊,我博士论文就是写的昆德拉,我根本不知道我在写什么。"

第二个老东西说:"我们都是老东西,没用了,文学还是属于年轻人的。最近我发现我一学生,写得真不错,故事语言很有节奏,各种修辞玩得很溜。"

这时一个只管埋头吃饭从来没说过话的老东西抬起头说:"年纪轻轻能写出什么好的东西?语感不贵,天赋是最不值钱的!"

众人开始鼓掌,"确实!不错!"

那帮人就这么吹着,我一个什么都不是的废物能干嘛呢?只能埋头吃饭了。我的父亲教导过我:"参加饭局你低头吃东西就好了。"那阵子他还算有点钱,在外面人家都叫他刘总,每个礼拜五的晚上他都有饭局,这个老板,那个局长,这家女儿结婚,那家乔迁之喜,他把我带在身边,我每次都是低头专心吃饭。别的小孩子在饭桌上展示自己课余学习成果时,我的父亲就会对我说:"你是猪吗?就知道吃。"

后来他送我去学了很多乱七八糟的东西,吉他啊,画画啊,跆拳道啊,我都没有坚持下来,可以说是出了名的半途而废浪费父母钱什么都学不会的小孩了。那我有什么办法呢,我感觉学什么都是看天赋的,我什么天赋都没有。大人喜欢骗小孩子上帝总会给你开扇窗的,都是扯淡!我就是根腐烂的木头,有没有天赋我自己不知道吗?

我父亲也是个什么天赋都没有的人,和我一样蠢,"我看你儿子只是没入门,他很有天赋的。我看得出来,再学一阵子吧!"人家这么一说他就乖乖交学费了。对这一切他也是承认的,"我什么都不会。"他经常这么讲,"你爷爷是个厨子。我很小的时候他得肝癌死了,也许我应该当个厨子。"过了会儿他又说,"会看小说算天赋么?我高中时天天跑你妈家里去看小说,你奶奶家里老是吵架,我就天天跑你妈那里去。我两天就能看完一本长篇小说,后来我果然没考上大学。"说完大概还要补一句,"我二十岁就进厂了,我们厂就两个大学生,我是高中生,那个时候高中生也不多的。现在厂里都是名牌大学生了，但是他们工资没我高。"

我的父亲总是不厌其烦地回忆过去，都是二十五岁之前的故事，仿佛之后的人生就没什么值得回忆的一样。不过仔细想一想，好像确实如此。

他二十六岁时有了孩子，我记事之前，他的生活用他自己的话来说就是——"每天下班回家洗尿布，周末打牌被你母亲骂，迷茫的时候买一罐可口可乐就会觉得很快乐。"我记事之后，"爸爸七点半出门上班，晚上六点回家，吃妈妈做的每天都差不多的菜，洗完澡打开电脑玩《红色警戒2》，爸爸很厉害，能打七个冷酷的敌人，我自己打只能打一个，有时候还打不过。有一次我玩《星际争霸》，没用作弊码就打败了电脑，我骄傲地告诉爸爸，他刚从外面回来就又出去了，神色凝重，并没有理我，那阵子他天天和我妈吵架，是不是别人的父母也都天天吵架？"——摘自我小学时写的作文《我的父亲》。

现在想来，我父亲也不是真想我学到些什么吧。我猜他就是没事干。这世界上很多人都没事干，不是说天天上班工作就是有事干了，没事干就想搞点事情。有一阵子满大街都是穿着跆拳道服的小孩子，父亲说你不能每天放学回来就玩游戏啊。我说你是不是下班了没事干啊，你也玩游戏嘛。我爸二话不说就把我绑到附近的跆拳道馆了，勉强学了两个礼拜后，我打伤了同班同学，离家出走，去找我的母亲。

母亲拒绝见我，她说："你是被判给你爸的，不要到我这里来。"

我只能回去，父亲也拒绝见我，他说："我没有你这样的儿子。"

我看似有两个家，却都不能回，哪个都不收我。

我上初中后父亲就没什么饭局了，他也很少教导我应该怎么做，活着应该怎么样，更不会逼着我学什么了。他越来越沉默，业余爱好从打牌变成了买彩票。"同期的好友都升官发财了，他倒好，下岗了，谁还带他玩啊。"我妈是这么讲的。

十八岁的我第一次去北京，在一位作家朋友的生日聚会上想起了我的父亲，以及那不肯见我的网恋女友，我连她长什么样子都不知道。我往嘴里塞着各种各样的食物，感觉味道都差不多。朋友的空调呼啦啦地吹着，但我们还是觉得热,他又打开了电风扇,电风扇也呼啦啦地吹着。他们一直在吹牛,然后到了某个点,大家突然都沉默了下来,应该是没什么可吹的了,也有可能是累了,吃饭让人劳累。

他们开始唱歌,《国际歌》《珍重,世界夫人》《怒放的生命》。

"操!"作家朋友说。

教育我们不要看不起村上春树的老东西说:"不要看不起汪峰!"

这次他们没有达成共识,他们换了首歌,《把悲伤留给自己》,于是他们跳上桌子,开始哭泣。

"明年我要离开北京,找个安静的地方写东西,我不知道还能不能写点什么出来。"

"昨天我还在学校里跟爱人唱歌呢,今天怎么就三十五岁了,跟你们一帮老东西在一起过生日呢。生日值得庆祝吗?那我希望,我的妈妈从来没有生过我啊。"

"不要这么说,你们的妈妈是干什么的?我的妈妈是电厂工人,我上大学那年她下岗。嗯,后来我妈是个婊子。"

没有人回答他，他望向在角落里吃着蛋糕的我，"小朋友，你妈妈是干嘛的？"

"我妈妈是化工厂的工人。"

他问我："工人的儿子，不得了，你是干嘛的？也是工人吗？在这个世界上，工人是比较惨的一群人。"

我说："我什么都不干啊，我不是干嘛的，我就活着。"

他说："不得了，什么都不干。"

我问："你干嘛的呀？"

他说："我是个导演。"

我又问他有什么代表作，他摇摇头说："没有，我什么都没拍过，但我是个导演。"

他又跟我说："出来混你得给自己搞个头衔，搞个身份啊，你以后就自称作家吧！青年作家。妈的现在青年作家太多了，比我们青年导演还多。"

这就是我第一次见到王大时发生的事情。再一次见到王大，已经是三年后的夏天，我带着王女士的索尼充电宝去北京，不是去玩，我是去找工作。在网上说的挺好的，我到了人家跟我说他们破产了，投资人撤资了，老板逃去了东南亚。

我跟我的朋友,北京导演王大说我没地方去。"你的爱人呢?"电话里传来王大虚弱的声音,好像是喝了酒。我说我没有大城市的爱人呀,小镇青年在大城市不配得到爱。他说,"那你来我家吧,你就在银河SOHO等我,我十一点半拍完最后一支广告就去找你。"

我等了三个多小时王大也没有出现,快零点时,手机没电了,我拿出王女士的充电宝,插上去没有反应。操他妈!王女士的索尼充电宝大概是从垃圾堆里捡来的吧!我早就应该意识到了,一块钱的充电宝还能指望它质量多好吗?

王女士就是这样的商人,除了充不了几次电的充电宝,她还卖些别的不知道从哪里搞到的便宜货,种类挺多的。我的CAD老师就在她那里买过奶粉,"澳大利亚代购,只要三十块钱,我儿子就吃的这种,养得白白胖胖的。"没有儿子的王女士这么跟我老师讲。老师很开心,买了一车回家,差点没把儿子吃成智障。

王女士还卖印章,什么机构的都有,毕业生都跑她那里去买印章,搞那该死的就业协议、实习报告之类的。我猜测她还卖毒品，可是她说她不卖，但我觉得这种人都是潜在的毒贩子，我应该是美剧看多了。不过她跟我讲卖烧烤的陈平是贩毒的，二〇一三年我就没再见过陈平了，据说是被抓了。他家烤面包挺好吃，他会在面包上面刷蜂蜜，他消失后我再也没在徐州吃到过那么好吃的烤面包。毕业后第二年一月份我回徐州拿毕业证时又去了次江苏师范大学，想找回曾经的味道，陈平肯定是不在了，王女士也不在。大部分时间王女士待在江苏师范大学科文学院门口，有时候会跑去中国矿业大学，11路能到的那个校区。

为什么跑矿大去呢？回校那天，在矿大发现卖臭豆腐的王女士时，我特地问了一下她："你为什么偶尔会跑矿大来呢？"王女士说："你他妈谁啊？"

我说我是在江苏师范大学门口华莱士炸鸡排的小刘啊，她还是不记得，直到我说我吃她麻辣烫没给钱她才记起来，"跟钱有关系的我都记得很清楚。"

我问："你为什么开始卖臭豆腐了呢？"

王女士笑了："这个臭豆腐是我妈自己在家用屎做的，我就偶尔卖一卖咯，你要尝一尝吗？"

那还是算了吧！我又问了一遍："为什么你不在师大啊？你跑这里来干嘛？"

王女士回答："其实我大学是在这里上的，就偶尔回来看看。"

我不知道她还上过大学呢，我没有说话。王女士说："你是不是想问，你上过大学为什么在街上卖麻辣烫？这很奇怪吗？不然呢，像你们一样坐办公室写一堆垃圾吗？"

我忙说没有没有。她问我回来干嘛，一般毕业生离开徐州就不再回来了。我说我清考，自动控制原理没有过，所以我没有拿到毕业证，其实老师都已经给过答案了。"那你为什么没有过呢？你是弱智吗？"王女士问。

"是的吧。"我说，"我第一个交卷。老师讲，可能他也没讲，不过我们推测是这样的，他得抓个人避嫌，那就抓我吧，谁让我第一个交卷呢！"

"那你果然是弱智。"

"啊！无所谓了，我这次回来就是拿毕业证的，学校还给了一次机会。"

晚上十点，街上已经没什么人了，有学生从校门里跑出来，跑到我们这里，说要一份荤素套餐。王女士很抱歉地说："同学，今天我卖臭豆腐，不卖麻辣烫。"同学很失望地走了。"我以前在你这里买麻辣烫你也叫我同学，现在大家都叫我小刘。我还是喜欢被叫同学，是不是姓刘的男孩子走上社会都会被称为小刘啊，之前我们公司有五个小刘呢。"

王女士说是的吧，然后问我只有一个人回来吗？我说是的，我们班本来有好几个毕不了业的。去年我跟他们讲，不要着急，不要焦虑，工作比上学可怕多了，这么急着去上班干嘛！他们都觉得有道理，所以现在拿毕业证就我一个人回来了。

王女士又问了一次，你要来份臭豆腐吗？

我说不了。

王女士说那我要收摊了，我去新城区，跟我同路吗？

我说不同路，我住在火车站附近，我走啦。

她是最后一个收摊的，我突然想到了 Sad Tom，一个外国人，我总是突然想到什么人，这个人多半已经不见了。

我就问王女士："你以前的男朋友呢？"

"哪个？"

"留学生院的 Tom，吃完麻辣烫会哭的那个，总是问陈平买药。"

王女士说："有这个人吗？不记得了，不过我没跟留学生谈过恋爱。我上一个男朋友是本科时的事情了，他苏北农村的，家里很穷，一直是我养着他，他考上公务员后把我甩掉了。"

太不幸了，我感到有点沮丧，不知道是为王女士，还是为了 Tom。我是不会忘记 Sad Tom 的，他每天都要吃一顿麻辣烫，他跟我们讲在他的家乡，世界上最肮脏丑陋的国家，amilika 没有麻辣烫这种美好的食物。他一吃麻辣烫就流眼泪，不知道是太辣了还是鸡精放多了。我妈说鸡精吃多了人就会哭，我也不知道是真是假。反正 Tom 流眼泪的次数多了，我们就叫他 Sad Tom。

其实他也没什么特别的，就是一个很普通的外国人，喜欢吃麻辣烫，爱哭，跟别的留学生一样，有过几个中国女朋友，谁会记得他呢！所有人最后都会被忘记，所有人。

最后一次见到 Tom，我正为挂科焦头烂额，我在街上碰到他和他的朋友 Jack，也许是 Jake，Tom 拿着一瓶可乐跟我说："奥巴马傻×。"

这就是他打招呼的方式，骂 amilika 领导人。他总是说："我上辈子肯定是做了什么孽才被生在美国。"Tom 走后 Jack 跟我说："你不要理他，他是墨西哥人，我才是美国人。"

他说这话时眼神中充满骄傲，跟 Tom 不一样，"我来自 amilika。"做自我介绍时 Tom 总是一脸自我厌恶的表情。那年圣诞节，Tom 和 Jack 买了麻辣烫就去网吧打 DOTA 了，他们都穿着 NaVi 的队服，那我怀疑这两个人都不是美国人。

至于王女士男朋友这件事，我可能记错了，Tom 的女友应该是卖西瓜的刘女士，要么就是激浪网吧的收银小妹。这些都不重要了，没有什么是重要的。反正，大家最后都会被这个世界忘得一干二净，就像你从来没见到过的曾曾曾曾祖母，现在谁还会提到她啊。

我去给曾祖母烧纸，她的坟就是一个很小的土堆，小到我们不放火把那片草地烧了就发现不了它，我们每次来都要放一次火。我指着那个小土堆问我爸："这真是我太奶奶的坟吗？"我爸很不耐烦地说："是的，就是这个，你又不是第一次来了。"

别人的坟都挨在一起，装饰得漂漂亮亮的，而我曾祖母的坟，就是一个小土堆，孤零零地被安排在一片可能最近十年除了我们就没人来过的野草地里。

我问我爸："她活着的时候是干嘛的？"

我爸说："裁缝吧，我没见过我奶奶。你爷爷，说他妈是个裁缝。"

这大概是我父亲最后一次提到他那从来没见过的奶奶。我爷爷早就死了，我奶奶从来没讲过她丈夫的爸妈，我们也没找到过太爷爷的坟。不过我奶奶讲过她妈的故事，在她妈坟前，"我妈啊，一辈子没出过村，死过两次，第一次死时从棺材里爬了起来，过了三天又躺进去死了，那三天天天想吃豆沙糕，吃不进去。"

我高中后就没去上过坟了，家里的年轻人都不上坟了。那些我从来没见过的死去的人们，只会在每年清明节时被家里的老人零零散散地提起，最后大家都是要被忘记的，就是这么回事。

收完摊，王女士问我："你要充电宝吗？今天有不少没卖出去的。"

我说不了吧，你的充电宝就是垃圾，然后我向王女士讲述了我在北京用她充电宝充不上电的悲惨遭遇。

我说，我去北京玩，带着你的充电宝，额，其实我不是去玩，而是去找工作的，但并不顺利。你知道的，没有社会经验的年轻人出去找工作总是会碰壁。我们班的陈浩，不知道你记不记得，轮滑社的社长，二〇一三年冬天撞倒你摊位的那个，他大四上学期说找到了工作，后来拍毕业照都没见到这个人。如今快一年过去了，昨天我才在辅导员那里听说他被搞进传销组织里去了，过年的时候，人家嫌他家里穷，就把他放出来了。

反正我就是去北京找工作，失败了，然后我问我的朋友，北京导演王大，能不能收留我一晚。王大其实不是导演，他什么都没有拍过。他让我在银河SOHO等他，我等了好几个小时他都没有出现，最后我手机也没电了，我拿出你的充电宝，满怀希望地插了上去。我试了好几次，都他妈没有反应。

后来我就开始了一个小时的徒步行走，在快哭出来的时候发现了一家快捷酒店。第二天王大告诉我，他家在通州，不在银河SOHO，他喝了点酒，那样说大概是因为他想住银河SOHO那边去。神经病。

"你不要生气了，你来通州，我带你找一个月七百块，押一付一的房子。"王大跟我道歉时这么说，人去了北京都会变成神经病吧，大概。

离开北京之前我问王大要了个充电宝，他跟我讲："我带你去通州，捡充电宝，满地都是充电宝。"

那通州是不是真的满地都是充电宝呢？

我说完这些后王女士摇摇头说："不知道，我还没去过北京呢。不过你可以跟我去沛县，那里有个电子垃圾集散中心，全是充电宝。我的充电宝就是从那里搞到的，你要跟我去吗？"

"还是不了吧。"我想了想说，"明天一早我拿了毕业证就回家了，这辈子可能都不会再回来了。"

你为什么不去找个厂上班

在父亲即将开始第五次创业之前，我以为自己可能要成为富二代了。

父亲第一次创业是开书店，那时我还小，他在厂里做电工，母亲在糖果厂做冰棍。他们工作很忙，除了节假日，我们一家很少有机会能坐一起吃一顿饭，平时家里总是空荡荡的，我见不到他们，他们也见不到对方，除了晚上睡觉的时候。

大部分时间他们也不会睡一起，爹在阁楼上布置了一个简易书房，那里放了一张床，他可以彻夜读书，不知疲倦，永不停息。我们不知道他读的都是什么书，阁楼平时是锁着的，不过我有幸目睹过一次，连床都是书堆起来的，对此，我妈的评价是："他和书一起过日子好了！当心哪天我一把火给他烧了！"

后来她确实做出了这样的举动，在他们离婚的当天。火势很大，烧了很久，她也哭了很久。

其实爹住书房里这件事我觉得挺好的，因为他们一见面就会吵架，从我记事起就是如此，为了钱，或者为了"你是不是不爱我了"这种无聊的事情。

"他年轻的时候还知道折腾点东西，我记得他刚进厂时自己还做了个切割机，想创业来着，后来就懒了起来，除了上班就是打牌。现在么，就是看书，我不知道和他过的是什么日子！"我妈常常跟亲戚这么讲，她还说，"你爸这辈子都没有送过我礼物，连一束花都没有，一束花都没有。"

我爹的回应则是："我觉得这些年我过得很开心，人嘛，开心就好，追求那些虚无缥缈的东西干什么？"

我们都觉得他读书读傻了，但对此我们毫无办法。

一切的改变都发生在我爹跟车间女同事在阁楼上乱搞之后，不知道他们怎么搞上的，被发现的时候，他们已经搞了有一阵子了，因为女同事的老公说他的妻子小半年没在家里过夜，他必须搞清楚是谁操了他老婆。

我的父亲没有逃避责任，他勇敢地站了出来，他说："我爱她。"然后他的脑袋就被男方亲戚敲碎了，亲戚干工程的，开着小货车，带着一车板砖，显然是有备而来。爹没有还手，头破血流，昏迷不醒，住院住了一阵子，他一度有点意识，然后又沉沉睡去。昏迷中，他一直呼唤着女同事的名字，待他彻底昏死过去，医院下了病危通知书，我妈就说："我是你们家的奴隶啊，我在这里伺候你，你还想着那个婊子。你叫，你再叫，我把你管子拔了！"这句话她说了好几天，边哭边说。她没有拔管子，直到我爸醒来，他说的第一句话是："老婆，我错了。"

我妈听到后又哭了。

但这没什么用，痊愈后的爹还是忍不住和女同事乱搞。女同事的老公来过我们家很多次，小镇情感纠纷是这样的，劝和不劝分，几方家庭互相走走，吃顿饭，劝一劝，是能离还是怎么了？

我爹出院后，女同事老公的态度已经缓和了许多，因为查出来并不全是爹的责任，"隔壁药厂的许建昌主任可能也有责任。"

他需要一个解决方案,"是你们以后不再相见,还是说我们离婚?可能你也不爱我吧,我不知道我们这次会面有什么意思,你甚至当着我的面搂他,我才是你的老公啊。可能你就没有爱过我吧!"老公情绪激动,别人都在谈赔偿,只有他在谈爱情。

没多久,老公就跳楼了,大家都说他那方面能力不行,比不上刘总,刘总就是我爹。大家还说,刘总比不上许建昌。许建昌,小镇药厂车间主任,开一辆奔驰,了不起。在我有限的几次和我爹以及女同事相处的过程中,我总是听到女同事说她想要一辆车。她想要的东西还有很多,比如新出的MP3,再比如城南一套房子。我爹总是说"好好好",在床上答应的速度比他射精的速度还要快。

他们约会总把我带在身边,原因不明。他们总是开标间,到了深夜就开始缠绵,以为我睡着了,其实没有。每当我的父亲在床上做出承诺的时候,我就会想起我妈那句"他连一束花都没有送过我"。这很好笑,也很心酸。

得知许建昌的存在后,我的父亲像变了一个人,他不再浑浑噩噩上班混日子,他决定创业,他想发财。

本人父亲第一次创业是开书店,他觉得这玩意儿有搞头,能发财,"多弄点黄色小说,我们就发了。"

我偶尔会去店里帮忙,很不幸,那个年代,正经的书没人看,黄色小说被中学生偷回家,横竖都不赚钱。有些中学生借书之后会把有色情描写的部分撕下来留着,太狗了,我都能想象他们晚上做完作业偷偷把那几页纸拿出来对着自慰的猥琐样子。但同时我又觉得此行为富有创造性,他们都是不错的编辑,一本色情小说被他们拿回家,还回来的时候就是一本纯爱小说了。可惜没人注意到这一点,顾客只会大呼上当受骗,生意越来越差,恶性循环。

除此之外,还有一些意外。

有时候并不是所有中学生都能做到万无一失,有的人就会被发现,妈妈就找上门,说我们无良商家影响小孩子健康成长,后来查出来是他们爹借的,爹撕的书,爹在看,儿子偷着看,难怪爹阳痿,儿子考不上高中。夫妻两个就在店里吵架,"老子不过了,不过了,我操你操腻了，硬不起来了!"用苏北方言说的，不太体面。然后就冒出来另外一个讲吴语的男的，把爹的狗头敲碎，在众人注视下，带着妈妈离开，嘘寒问暖，你侬我侬。

这个行为，我称之为爱情，很浪漫。后来就没有这种事情了，后来只有打小三的，不体面。多年以后，我时常在老家看到有人打小三，要命，确实好看，换我早就离婚净身出户了，该离不离，磨磨唧唧，男人不行。但那样大概率对方也就不会再爱他了，我爹就是这样的。再说了，真的爱过吗？

除了上门指责我们教坏小孩，还有的妈妈会上门问有没有教辅材料。没有，什么《黄冈大试卷》，什么《启东大试卷》，看到就恶心，我们店里怎么可能有这种东西呢？没有的。妈妈说："你们早晚倒闭。"后来果然就倒闭了。真恶心。

我相信当时有很多人觉得那些玩意儿恶心，包括老师，我们班主任就怀疑编书的人是不是和领导都上了床，不然怎么可能所有学校都要求买他们编的教辅材料呢？启东什么破地方，真把自己当人啦，不和我们一样都是刚波（苏北）嘛，除了考试还会做什么？气死了！

现在想来，我觉得她可能是嫉妒，怎么讲，她也是个可怜人，当年就住我们家对面，老公在码头拉黄沙，被埋了，起重机司机没看到他，司机说："我都加班三天三夜啦，我怎么可能看到有个人在黄沙坑里抽烟？"

后来班主任又嫁了个卖保健品的男人，听说老公总是打她。报警找警察，警察就说："这是你们家里的事情，我们管不了。"

我总是看到班主任一个人待在家门口抽烟，晚上隔着窗户看到她，这让我恐惧，总觉得她会过来问我作业做得怎么样了。但她只是站着抽烟而已，偶尔抹抹眼泪，直到老公出来把她吼回家去。

后来没几年，她老公就被抓了，因为卖保健品，也不知道这算不算好事。

班主任的儿子是小镇远近闻名的混混，和我是初中同学，一米八的个子，周围总是围着各种女生。有一次我和班里女孩子吵架，他就给了我一巴掌，他说："我最看不起不尊重女性的男人！"没想到，和他爹很不一样。

那个时候，我们都是自己带水壶上学，只有他是带饮料的，可乐、雪碧、第五季、醒目，羡慕。他还在劲舞团里网恋，我见过他网恋对象，云南来的，爆炸头，洞洞裤，五颜六色，很好看。我在小镇没见过这样的女孩，我们都很羡慕班主任儿子。

不过他们约会也就是去网吧打游戏，喝杯奶茶，吃一块鸡排，那个时候奶茶只要一块半，没人喝的，往后的日子里，奶茶越来越贵，凭什么？

这场网恋后来终究还是分了，女孩要出国读书。班主任儿子嘛，卖保健品的爹被抓了之后他们一家的日子就没那么好过了，他高中都没有上，他成绩一直不好，中考要刷掉一半人，很不幸，他就在那一半里，偏偏他还是教师家庭出身。

后来就没有消息了。

多年以后，我回乡考驾照，在驾校旁边的洗车场遇到他，他在给人洗车，没怎么变，问我还看不看NBA。我说我对NBA的记忆还停留在火箭二十二连胜，他说他也差不多。我说，那我们都是活在过去的人了，他说还是过去好。

还是过去好。

听说他爹出来后在城北开了家餐馆，卖广东菜，没什么生意，撸了一阵子口子，风光过几天，后来人就不见了，估计是躲东南亚去了吧。

班主任没有再结婚，也不再当班主任。她一直在教小学语文，不是班主任的语文老师，大概没什么人在意，渐渐就没人提起这个人了。直到有一年和我妈散步，在中州东路遇到过她，她还认识我妈，"诶呀，你是彩红吧，多少年了，你儿子都这么大啦！"她很开心的样子，塞给我一个苹果，她眼角发肿，头发很凌乱，魂不守舍。我妈问她身上的伤怎么回事，她说不小心啦，在学校摔了一跤。她还特地让我们看她的高跟鞋，"冀江路买的，果然便宜没好货。"但我们都知道那是怎么回事，"我们班主任做了三你知道吗？被人揍了，微信群都转疯了，可热闹了！"小学同学就是这么和我提的，这可真蠢。

我希望班主任能过上好日子，当年她对我挺好的，在爹妈都不管我的日子里，她会带我去吃午饭。我希望她能过上好日子，我希望所有人都能过上好日子，这当然是不可能的。

第一次创业失败后不久，女同事就离开了我的父亲，从此他一蹶不振，又过上了每天浑浑噩噩混日子的生活。但他没有忘记要发财，这我是知道的，他开始订阅各种财经杂志，开始关心股市，开始买彩票，把工资花光，把存款花完，把能借的钱都借到手。

在我人生第一次失恋的时候他告诉我："儿子，爱情都是虚无缥缈的，人最重要的还是有钱，没人能陪你一辈子，但钱可以。"也不是没有道理。

我父亲第二次创业是开茶餐厅，当时我已经上了大学，我们都劝他不要搞，他一定要搞，还把我的学费拿去搞，他说："这个时候不搞，什么时候搞？"当时餐饮创业，热火朝天，麻辣香锅、潮汕牛肉、小龙虾、小牛排，一片蓝海，可是他选择开茶餐厅，两个月关门。厨师和前台在厨房做爱，父亲很失望，他说："你们不尊重烹饪！"厨子留下一句："一个月两千尊重你妈呢！"尔后就带着前台远走高飞，往后的几年里我们在网上曾有过几次互动，他去了越南，给赌狗做菜，看起来过得不错。只是陪在他身边的人已不是前台,前台和赌狗跑了。

别的就不太记得了。

"都是小打小闹,没什么水花啦。"第三次创业前夕,和投资人介绍自己的创业史,我爹这么说道。投资人,也就是在什么泰兴、宝应、芜湖一起学习国学或者抢成功学导师跨年门票认识的老板——大概率是卖小龙虾的,就会接过话说:"诶!谦虚了,刘总!大家都是连续创业者,互相帮衬帮衬啦!"然后大家就都笑起来了,嘿嘿嘿傻笑,仿佛一个上市企业的雏形已经在他们脑子里诞生,我打赌他们是这么想的。

那次他们搞了一个中医疗愈养生馆,还没开张就被扫黄办扫荡掉了。

"创业,时也,命也,但我看主要是关系没有打点好,不够硬。"我爸如此总结他创业失败的经历。

第四次创业经历,本人父亲一般不太提起,"规模太小,不值一提。"但我记得很清楚,做啥呢?卖肥皂,一款名叫"爱情码头"的硫磺肥皂。他拉来当时正在广告公司上班的我做他的首席分销商,我联系了厂家,厂家说肥皂都是一万块起订的，给不了我批发价，"看大家都是苏北人，给你四块钱一个吧！"那我卖十块，再包个邮，赚个屁啊，卖不了，不卖了呀。

这就是我爹第四次创业失败的故事，主要责任在我，是我目光短浅了，"一年销售一个亿，打败上海硫磺皂"是父亲当初对这款产品的期望。

家人创业失败这种事情，还是忘记的好，就像忘记你所有关于发财的白日梦，这样会过得开心一点。关于父亲的创业梦想，我周围的朋友都是痛苦的记忆。"为什么不买房？"他们在谈到自己爹的时候都会说这样一句话。

我也想知道为什么。其实开始创业的时候，爹已经老了。房价没涨之前他在厂里做电工，月入两千五，每天回家打《红警2》，能单挑七个冷酷的敌人。一般是开局炸桥，后期间谍去破坏敌人电厂，然后用火箭人取得胜利。太狗了。

房价涨了之后，待了一辈子的厂倒闭，年迈的爹远走他乡，找了家新的厂。工作是好找的，大国崛起，基建狂魔，哪里都有活干，这不用担心，中国人饿不死。但钱是不好赚的，因为天上不会掉馅饼，不要想着不劳而获，越努力越幸运，天天在网上抱怨还不是因为你不努力？

爹当时的新工作是风控，月入六千八百八十八元。定工资的时候，老板说，这样比较吉利。为什么不是八千八百八十八或者八万八千八百八十八呢？这样就不吉利了，知道吧。对这份工作，爹整体满意，我们也满意。爹的一项工作内容是提醒工厂老哥们注意安全，但是老哥们不听。他们死后就变成我们饭桌上的谈资，谁头没了，谁被钢板劈成两半，很下饭。老哥们是这样的，对自己的生命比较淡漠，当然厂里本身环境也比较危险，做了安全措施也可能会没命，塑料头盔挡不了挂钩，二十五块钱的工作服干不过钢板，"西郊那个厂又死人了，还好你没进厂。"这是我大学刚毕业那几年我妈说得比较多的一句话，仅次于"读大学有什么用，早知道初中毕业就让你进厂了"。

进厂环境虽然艰苦，但磨灭不了我爹对发财的渴望。"一个不想发财的工人不是好工人，难道你想做一辈子工人吗？"我爹前任风控老哥的名言，在工人群体中流传。老板嫌老哥心思活络，不好好上班，尽想着发财，就给炒了。

老板说: "一个月拿固定工资舒舒服服不好吗？还有社保，你说是吧，刘。我跟你们说，你们的努力我都看在眼里，公司不会亏待价值观正向的员工，反而是那种有自己小心思的人不会有好的结果。你说是吧，刘。"

我爹说是，我看也是。听说被炒的老哥后来当保安去了，月入三千八。"他去做保安了，是我没培养好，我很自责。但我还是要说，这就是格局不同带来的人生的差异。"年会上，老板如此评价老哥。他还说："在坐的各位都是管理层，都是公司前一百号员工，你们去查查，阿里，华为，腾讯，前一百号员工现在过的是什么日子。不谈了，懂的都懂。大家努力吧！"

即便老板画了一个天大的饼，我爹也没有忘记要发财。

第五次创业前夕，经济大环境不行，大家都想进入体制，成为公务员，没有人提创业了。我爹不一样，过年在家，吃年夜饭的时候，爹说："我有信心，明年会发财。别人都退缩的时候你站了出来，你可能就会成功，巴菲特说的，巴菲特知道吧？股神，我从三十岁就开始研究他的理论了,这么多年过去,我觉得我快成了。"

其实外部条件一度也很适合。

过年去给他们老板拜年,喝多了,他和老板抱一起哭,老板说:"我们走到今天,不容易,不容易!"

爹:"您的辛苦,我们都知道的!"

老板:"你为公司作出了巨大的贡献,现在公司成了,你要想做什么,你就放手去干吧!"

爹:"感谢王总成全,我即将开始新的征途!"

老板:"刘啊,别的我不敢保证,我保你儿子下半辈子衣食无忧。"

当时我就想跪下来叫干爹了。

当然了,酒桌上的话,听听就好。我做过几年市场,我还记得和一广东老板吃饭,他说:"你把一瓶五粮液吹了就 all in 你们的产品。"我二话没说就吹了,过几天他就不认账了,说什么"除非你叫我爹",我二话没说就叫了,发的语音,非常尊重,salute! 他二话没说把我拉黑了。

是吧,不能当真的。只有梦是真的,梦里什么都有。

过完春节，基金暴跌，股市一片绿光，很多人都上了天台，绿光化为血光，包括爹的老板。公司开始裁员，为公司作出过巨大贡献的爹赫然在列，爹却说，这是生活对他的暗示，是一种激励！是一种隐喻！要创业了，必须创业，刻不容缓，老骥伏枥，志在千里，狭路相逢勇者胜，能不能发财，在此一举了。

虽然我很希望他发财，但对他的创业项目，我还是持保留意见的。他打算卖自动洗奶瓶机器，读起来很拗口，一个读起来很拗口的产品不会有市场，本人做产品经理的一点经验。

自动洗奶瓶机器，我见过那玩意儿，其实就是一个小型洗碗机，一个去了海南的东北人造的，211工科毕业，我不知道他为什么造这个东西，给孩子洗奶瓶太麻烦了吗？那为什么不买个洗碗机呢？我不理解。估计就是做个东西证明自己不是废物吧，工科生都有这样的豪情壮志，什么单片机啊，自动化啊，CAN系统啊，实操一下，感觉自己好像还有点用，不多说了，懂的都懂。

爹说："你懂什么？清洗，消毒，烘干一体。定位高端市场，方向是全球，一年卖个几万台没问题吧，那些中产忙得要死，花个七八百有问题吗？零售毛利一倍！"

我说你为什么不能搞个有创造性的创业项目呢？

举个例子，我的客户，南京张总，一〇年代初期还是个狗贩子，养了一堆泰迪，根本没人买，突然有一天狗瘟，泰迪死光了，他抱着狗的尸体跪在地上哭，别人在一旁看着笑。

四十岁的人了，一事无成，老婆改嫁，儿子叫别人爸爸，惨得不得了。不过人和人的不同就在于格局的不同，他哭啊，哭啊，泪水掉落在眼镜镜片上，模糊了视线，他就去附近眼镜店洗眼镜，看到他们用超声波洗眼镜，他就突发奇想，为什么不能用超声波来洗小龙虾呢？小龙虾这东西多脏啊，真恶心，怎么吃的下去的。

于是他就组织一群机械专业的大专肄业生造了台超声波洗虾机，我跟你说哦，那玩意儿真的好玩，小龙虾进去后就会张开自己两边的鳃，嗡嗡嗡，嗡嗡嗡，出来就干干净净的了，神奇！我也想用超声波洗个澡。个么，张总人现在移民阿美利加了呀，你想想。创业要有创造性的!

爹:"这对小龙虾太残忍了。"

我:"现在都没人生孩子了,我们不能赚不存在的韭菜的钱。"

听到这句话,我的父亲就不说话了,他把自己关在屋子里,好几天不出门。再一次出现时,他决定去找一份保安的工作。

本人父亲的第五次创业就这样被我挫败,我亲手毁掉了自己成为富二代的机会。但我不后悔,人到中年,我每天都买彩票,我深刻意识到,爹靠不住,人还是得靠自己。

本人父亲的创业经历,无人知晓,除了我的同事赵平东。爹第五次创业失败的时候我正在保险公司上班,周围人都不看好这份工作,我觉得还行。人嘛,迟早要去卖保险的,不如早一点主动进入保险行业,总比三十五岁被公司优化了去卖保险来得体面。

保险公司都是过了三十五岁被优化的中年人,我和他们没有什么共同语言,除了赵平东,我们关系很好,经常在一起讲爹的故事,讲爹什么时候发财。

人到中年，指望自己是不行了，只能指望爹了呀！

当我告诉他本人父亲又一次创业失败，我打算不再指望爹的时候，赵平东一点也不意外。

赵平东说："我发现了，爹也在指望他爹，直到爹死。"

我说："是这样的，不错。"

快三十岁的时候，我还在期待我爸发财。就像我爸，快六十岁，还在期待爷爷。"老爷子保佑我今年发财。"很长一段时间里，每到清明节，在坟前，他都会这么说。而我妈说的一般都是，"老东西，连套房子都没留下来。"这就是家庭。

赵平东评价道："我爸之前把家里的存款都拿去投资自动化农药喷洒机，当时是什么情况呢？已经没有人种田了。他去乡下盘了个废弃工厂，贷款，买设备，招销售，后来一台都没卖出去。"

我问："什么时候的事情？"

赵平东说："十年前吧。"

我又问："你爸现在在做什么？"

赵平东说："肝癌，不在了。"

不谈了，我们开始谈工作。

"你应该去做查勘，我看好你。"赵平东说。

确实，本人在保险公司上班后，精神状态一直不太稳定，也许我是应该去做查勘，我觉得这对我的精神健康是有帮助的。这个工作特别像侦探，毕竟不是什么工作每天都能见到尸体。找线索，找证据，定损，赔付，和骗保的周旋，和骗保的合作，写查勘报告，等同于写非虚构文学，刺激！浪漫！扯淡！做几年就不是正常人了，漫长的告别，酒桌上的告白，今天在河北，明天去新疆，日夜颠倒，再也回不去，但我不能喝酒，不会和人打交道。我想回家。

所以，我的理想根本不是做富二代，我恨富二代，他们让我恶心，我不想成为让我恶心的人。我的理想是做一个油腔滑调八面玲珑左右逢源在各种场合游刃有余然后晚上在家酗酒流泪恨自己的中年人，油腻中年人，我的理想。

赵平东就是这样的人，"说句实话，醒不过来那每天护理都是钱，保险才赔多少，够干嘛的。"也只有他敢这么和家属说话了，他的结案率很高，他接手的案子少有不直接拔管子的。有一次他带我去查勘，和以前一样，干净利索，家属不哭不闹，很快就签字了。病床上那个男人，第二天下午被拔了管子，这个是好消息，大概，对所有人来说。

"查勘是有技巧的。"赵平东对我说，"我当然是首先为公司考虑啦，不能拖的，拖下去各种要求都来了，一百万不够要二百万，去安监举报，去法院告你，不能拖的。"

过了会儿他又说，有一次他去山西农村查勘，兄弟两个装空调，用一根绳子系着，两个都死了，他去死者家里，"两兄弟住一起的，弟弟才十八岁。家徒四壁，什么都没有，那个人的女儿啊，就老大的女儿，也就五六岁的样子，她问我，爸爸呢，爸爸呢？我当时就很难过，我帮他们顶格赔付的，顶格。我是在做好事吧？是吧？"

我不知道。

"讲讲你那边的案子呗。"赵平东问我。

我说："之前有一个女人，贵州农村的，和丈夫一起装空调，你知道的吧？装一台空调几十块钱，两个人分，那不如和老婆一起干了，至少不和外人分钱。于是她就跟着老公偷偷干，公司睁一只眼闭一只眼，没有签合同，没有上保险，出事了，掉下去，死了。"

赵平东问："赔不到钱咯？"

我说："赔不到。才二十岁，十六岁就和老公出来干了，有两个孩子。"

这种事情很常见，如果你进入保险行业，你就会发现，这种事情很常见。你无能为力。

年前我们还接到一个案子，离过年还有三天吧，快下班的时候有人报案，说有个空调安装工出事了，安全带脱落，当场死亡。转接到查勘同事这里，同事问："死者和你什么关系？"对面说："是我的丈夫。"哭着说的，然后就不说话了。

快过年了，距离、天气原因也不可能很快去查勘，只能年后再说。因为是接的私活，是否保险责任未定，可能不会赔付。同事说，看吧，再说吧，先过个年吧，不要太难过了，会帮你解决的，你放心，一切都会好起来的。"他买了保险的，买了保险的。"死者妻子一直重复这句话。

案子最终到了赵平东手里，我问他怎么解决的，他说："还在看，过几天我可能会去一趟。"

我问他是不是想帮死者家属做点手段，破例赔付，他说："不可能，我当然是把公司利益放在第一位啦，是吧。"

我说："我哪知道，你问我，你是个好人吗？是吗？"

赵平东说："我已经过了思考自己是不是好人的年纪了。"

赵平东三十八岁，没有结婚，二百多斤，老是看他走路一瘸一拐，估计是痛风，他还有糖尿病，不能喝酒，但做保险不得不喝，实在不行他就撩起衣服对客户说自己有病，在打胰岛素，不能喝酒的，遇到过最难搞的客户是一个福建人，"他也撩起衣服，说他也有病，说打了针不正好嘛，喝！没事的，后来喝死了呀，没几个月人就没了。"说完总部电话过来，让他第二天去重庆，他不开心了，"今年特别邪门，每周都死人，为什么啊？之前经济不行没活干，今年就玩命是吧？我也玩命，出差补贴嘛没有，你说我们这个工作有什么意思，有什么意思?"

我说:"你都四十岁了,还问这种问题?"

赵平东说:"靠!你以为我是为了钱做这行吗?那点钱够干什么?你是不知道,我以前遇到过拿不到钱家属跳楼的,帮他们从保险公司那里多多少少理赔到一些嘛,你说我是不是一个好人?你说我是不是一个好人?"

那应该不是他第一次这么问。

后来他就不这么问了。

赵平东说:"你猜我明天在什么地方?"

我笑了:"你喝多了吧,明天你不是在重庆吗?"

我刚说完,工作群里又有了新的事故通报,手机消息弹个不停。满屏通报,我只看到了"死亡"二字。

赵平东:"你猜我明天在什么地方?"

"不知道,朋友。明天你在哪里,看来我们都要思考。"

我不再开口,赵平东又喝了起来,也搞不明白他是不是真的不能喝,也许他和我一样,讨厌工作场合喝酒,但私底下还是忍不住要喝,我说我就是这样的人。"那你应该去做查勘,"他说,"这对你的精神健康是有帮助的，我是说喝酒。"

他还说，劝劝你爸，不要想着发财了，"我爸的管子就是我拔的。发财，他想了一辈子，拔完管子，我觉得，他舒服了，我也舒服了。"

"这是件好事，"我说，"对所有人来说，大概。"

赵平东走后，我拨通了母亲的电话，我从来不主动给家里打电话，从十八岁离家上学开始。我明显喝多了。

我说："妈，我想回家。"

她说："你不要回来，我感觉生活受到威胁，你不要回来。"

我问："能有什么威胁？"

她说："不晓得，总感觉……心里发毛。"

我说："日子都过成这样了，还能有什么威胁？"

我问："当年医院下病危通知书的时候，你为什么不拔管子呢？"

我说："我想回家，我明天就回来。"

我的母亲突然紧张了起来，她不停地说："你不要这么大声，老头子在家，你不要这么大声。"

我沉默，她也沉默，在确认了家里只有她一人后，她开始了短暂的平静，问我什么时候回家，她说："我包了馄饨，青菜肉的，放在冰箱里，我要去干活，你要是回来早了，我不在家，你就自己下了吃掉。"

她还说："我小时候就住你爸隔壁，你爷爷死得早，他们家里很小的地方，挤了六口人，都不干活的，每天就吵架，他受不了，就天天往我家里跑。他喜欢看书，在我们家一待就是一天，课也不上，就看书了。可能是读书读傻了吧，也没有继续上学，早早就进了厂。"

说到这里，她的语调变了，她颤抖了起来："我就是瞎了！跟了你爸。那个时候我好喜欢他，他会吹口琴给我听。后来就变了，他连一束花都没有送过我，一束花都没有……可年轻的时候我真的好喜欢他，喜欢死了。"

我每天心情都不好

一

所有人都不正常的时候,我也不正常,我变成了一只动物,一只被性欲和食欲控制着的低级动物。什么动物呢?可能是蛆。

我有二百多斤,心情不好的时候,吃很多东西,吃完了去厕所抠喉咙催吐,吐完继续吃,在徐州汉拿山或者阿里郎自助,二十五块钱一个人,随便吃。讲道理,发明自助餐的人真是畜生,我也是畜生。我每天心情都不好,找不到工作,还背着八门课重修的重担,老师对我说:"学校再三强调是先毕业再工作,而不是先工作再毕业,有些人甚至用工作来要挟学校让他毕业!"他对我的未来持担忧态度,他看我的眼神就像在看一只蛆,还是变不了苍蝇的那种。

别人都去实习了,大家都有工作,我实在受不了,就跑出去找了份在华莱士炸鸡排的工作。怎么说这也是一份工作是不是?我很喜欢炸鸡排,因为不需要和人交流。我讨厌和人交流,尤其是和正常人交流,很不幸,一起炸鸡排的女人就是一个典型的正常人,她总是喋喋不休,哪里开了家新的奶茶店,哪个明星上了热搜,家里又给她相亲了个大专生,"我在他们眼里就只配得上大专生吗?"

此事让她生气很久,上班没有精神,炸出来的鸡排又老又硬。我就告诉她,姐妹,男人都是垃圾,为男人影响工作不值得。对此她表示认同,但依然喋喋不休,直到后来嫁给了一个初中毕业的餐饮老板,就闭嘴了。

初中生老板,我们店的供货商,一来二去怎么就爱上了?不知道。周围人总是莫名其妙地搞上了,这就是现代人。在一起后,同事开始每天在朋友圈晒老公送的礼物,配文:"老公对我真好。"真不错,这就是生活,你总会爱上你看不起的人。

再后来她班也不上了,辞职回家当老板娘。离职那天她告诉我:"小刘,要对生活心怀希望,你看看我。"

借她吉言,不过对生活,我没什么好说的。我毫无期待,只想默默地把那些客人点的东西扔到油锅里去,偶尔偷偷往自己嘴里塞点,不需说多余的话,什么都不去想,这是最好的。

这样的日子持续了没多久,有一天店里来了个黑人留学生,他指着黄金蝴蝶虾的图片说:"This! This!"然而我们店里没有黄金蝴蝶虾,我们也没有紫薯虾球、上校鸡块、葡式蛋挞、培根蛋卷,虽然它们的照片都被挂在墙上,但它们是不存在的,太不幸了,我们只有鸡排。

那个黑人兄弟,在得知他要的黄金蝴蝶虾没有之后又相继指了指紫薯虾球、上校鸡块和培根蛋卷。我们的前台,一个英语专业的研究生,她竟然无法应对这种情况,在他们用英语以及肢体语言哔哔了十分钟后我走出了厨房,对那个黑人兄弟说:"Hey, dude! We do not have these. We only have fucking chicken steak and coke.

They are cool!"

那个黑人兄弟一脸问号地说:"I don't understand!"

然后我拍拍他肩膀说:"Oh, man! Are you from fucking America? You are not cool!"

作为一个工科生我的英语并不是很好,我都是看amilika动画片学的,但我觉得我的英语应该很有实用性,daily! 日常! 直击生活的核心! 妈的美国人在苏北应该就是我了,可那个黑人兄弟听完后连连摇头,然后拨打了墙上的投诉电话,那是我们的老板,刘老板的电话。

刘老板是个二十九岁的研究生,年轻时考上了公务员,在他家乡淮安的文化局上班,"每天早上泡一壶茶,接待几位本土作家,听他们互相吹捧,再吹捧吹捧他们,下午三点就可以下班了。"这样的生活多么惬意。但他是个文艺青年,他还有梦,他不想到生活的泥沼里去,在文青的语境中,到生活里去就相当于去死了。于是他辞掉公务员的工作,跑去考研。走之前,他那在文化局当领导的爸爸说:"去吧! 放心去吧儿子! 去勇敢地追寻你的梦想吧! 你的位子我会给你留着的!"

经过一年艰苦的学习，他考上了我校的比较文学专业，但是刚来他就后悔了，"丧与燃共存——王小波作品赏析，这个老师脑子被门夹了吗？两个宿舍共用一个卫生间，你校穷成这样了吗？食堂的鸡排都是面粉，你们天天吃屎吗？"

都是天问，没有人能给他答案。后来他想通了，既然世间到处都是臭水沟又何必眷恋他处？既然真正的乌托邦并不存在又何必在意现实的泥沼？他想回去了，"但是我的父亲被抓起来了，我回不去了。"刘老板曾在一次员工会议上这样对我们说，"你们知道巴尔扎克吗？这就是'人间喜剧'。"

就是这样的一个刘老板，在和黑人兄弟交谈了几分钟后打电话给我说："你被投诉了，他是非洲人，不是美国人。他觉得你侮辱了他，作为一个世界主义者，我要解雇你，你走吧。"

我就这样莫名其妙地丢掉了我的第一份工作。我回到学校，那天刚好是 PLC 老师发重修试卷答案的日子。大四，其实已经没有课了，可我们班学渣太多，比如我，挂了 120 学分，是学校挂科史上第二多的人。我们班还有个留级了三次，挂了130学分的老哥，他是校史第一，连开卷的科目他都挂了，最后的清考他也没有去，结业证书也不要了，离校后去了工地做钢结构工人。他对我说："工地上好多正规本科毕业的，和我拿一样的工资，半夜一样爬起来打灰，我看上大学也没什么意思。"我表示赞同。

总之，就是因为有我们这种畜生的存在，学校不得不多开几门课，做些辅导，给些重点，好让我们顺利毕业。但有些人连毕业证都不想要，老师就嫌我们烦了。

我们的PLC老师，一个南开硕士，跑我们三本来教书。他在课上跟我们讲："你们去死吧！"大家都愣住了，他也愣了，然后立马改口说："你们去试试吧，抽点时间记一下题目，靠自己通过一次考试，不要给青春留有遗憾。"

可是青春又怎么会没有遗憾呢？这位老师总在课上说自己上学时就知道好好学习了，到头来还不是跑苏北教一帮畜生？妈的他比谁都遗憾。不过他重点给的挺多，那他就是个好老师，比蔡春龙好，蔡春龙一题不给，除非送他购物卡。

拿到重点后，我回了宿舍。室友们正准备出去吃顿散伙饭，这已经是第六次散伙饭了，大四是这样的，每天都吃散伙饭，从九月吃到九月。吃啥，自助餐，二十五块钱，能吃到吐。我至少去厕所吐了两次吧，年轻人，没有钱，好不容易出来吃一顿，得吃回本是不是？

席间，大家开始畅想美好的未来。不得不说，大家都有了不错的归宿，王浩找了个推销中老年人保健品的工作，陈纯找了个卖保险的工作，张齐涛找了个给公众号排版的工作，他的工作最体面，他高兴地说："我以后是搞新媒体的了。"

我说："可我们是学电气工程的呀。"

"这不重要。"我的好朋友，祖上三代都是农民，到他爹这一代才当了工人的张喵喵说，"干本专业工作也就是爬电线杆子，比如我爸，谁干谁傻×。"

但我还是想干本专业相关的工作，我想进入电力系统，那是我父亲一生的梦想。他曾不止一次指着电线杆子对我说："总有一天我会进去的。"非常抽象，但也有一种让人感动的力量。

酒足饭饱，气氛伤感了起来。

"再次见面就是拍毕业照的时候了呢!"陈纯说。

王浩则摆了摆手说:"我不一定回来啊,工作忙,而且有什么好拍的嘛?我跟你们说,我去过中国矿业大学,那才是正规学校。我们就是一群垃圾!蟑螂!蛆虫!不过不要紧,进入社会是新的开始,我感觉我工作挺不错的,比去工地强吧!"

张齐涛说:"你说的也有道理,他妈的,我们和技校有什么区别?不回来了吧。别的不说,王雨阳成绩最好吧,天天泡图书馆,最后也考不上研究生,进厂了呀!环境不行,自己再努力也没用的!我们已经很不错了!"

我说:"我不想再见到你们了,拜拜喽!"

吃完他们去网吧通宵,我有点不舒服就一个人先回去了。我慢悠悠地朝着学校走,到了大龙湖旁边,那是一个很大的人工湖。风吹得我睁不开眼睛,我停下了脚步,眼泪刷刷刷地往下流。怎么讲,一个当代人,深夜独自走在阴森森的马路上,旁边是一个湖,那他是不是该跳进去?

悲伤的我发了条朋友圈,"我他妈是个废物啊,我什么都不会,大家都找到工作了,我还要重修,并且我以后不会有工作的,我完了!"

朋友们纷纷表示赞同,"你说得对!""啊啊啊去死吧!""一起死吧!"他们在刚刚成为我朋友的时候还是会说一些暖心的话安慰我,比如大一时我去买水果,那个店的墙上都是镜子,我选苹果时,一抬头就看到了我那张丑脸,差点没吓死,于是我就发状态说我好难看啊!一个认识没多久的学妹跟我讲:"你不难看啊,而且男孩子外表不重要,重要的是人的内在。"

到了快毕业的时候我又去买水果,买完说这些年我更难看了呢!那个学妹跟我讲:"那你怎么还不去死。"

人都是会变的,这一点我深有体会。

在众多表示自己也是个废物一起死吧这样的回复中,我发现了一条招聘广告,内容如下:我司主要负责苏北地区垃圾场的照明设备安装,现招电气工程专业应届毕业生,实习期间包吃包住,月薪三千八,有意请联系我司,联系人朱先生。

我心动了,我想证明一下,除了炸鸡排,我还有别的用处。虽然我很喜欢炸鸡排,但生活不让我炸鸡排了，这没有办法。

回复我的朱先生叫朱逆袭，是我的中学同学，不过已经很久没有联系了。他是怎么成为我微信好友的，不记得，可能是问我借钱，也有可能是让我帮他集赞，当代人和老同学也就这点关系了。

我点进他的朋友圈，发现只有一条状态，"八岁生日那天我爸给我三块钱让我去游乐园玩，后来我就再也没见到过我爸，我恨这个世界。"父亲节那天发的。

想到我其他同学在父亲节只会发"我爱你爸爸"，配图给爸爸发一百块，爸爸回一千块，备注"女儿长大了"，我就觉得恶心。朱逆袭不太一样，我顿时对他有了点兴趣，就给他发了条消息："本人三本电气工程肄业，会接电线。"他说："去母校后面的'大门书店'见面，立刻！马上！"

过了几天我回到老家，去了高中母校后面的"大门书店"，店名来自于 The door 乐队。记忆中那是一家很小的书店，进门满墙吉姆·莫里森的海报，在那张最著名的吉姆赤裸上身张开双臂的海报后面是一扇门，推开有一条长长的暗道，暗道尽头是一家网吧，当年我们总是逃课去那里玩游戏。老板是个嬉皮士，自由主义者，梦想成为摇滚巨星，QQ签名是"再不死我们就老了"。

多年没来，变化很大，店里没有大门乐队的海报了，取而代之的是一堆二次元图片，名字也改了，叫"万事屋"，想必新老板是个死宅。我指着一张蒙娜丽莎的画像："说出来可能有点羞耻，我，勃起了呢！"

店里趴着睡觉的男子抬起了脑袋，他看了我一会儿说："哦哟，你回来啦？最近生活可还平静？"

"我感觉生活受到了威胁。"我说。

还是以前的老板，只是他老多了，剪去了曾经的长发，胡子拉碴，嘴唇上挂着鼻涕，面前的桌子上满是吃剩的桶装方便面，他的手边则放着一本《公务员考试真题一百讲》。

"用来压泡面的。"他说。

"发生了什么？"我问，"摇滚歌手也要考公务员了吗？"

他说道："时代不同了，生活让人沮丧，我必须得逃。"

我说："我认识一家卖炭的淘宝店，花样繁多，草莓味、香草味、西瓜味，无痛自杀，好评如潮，肯定死！需要的话我给你链接。"

他擦了擦鼻涕说："用户都死了，怎么好评如潮的？"

我想了会儿说："也许是写了遗书委托亲朋好友给的好评。"

"需要我会联系你的，然后麻烦你帮我给好评。"老板喝了口可乐，"当然，我要真的死了。"

他跟我说还是老地方，"但会有些不太一样"。我往里走，找了半天没找到摇滚乐海报，倒是挂了一张"决战国考一百天"的海报。我轻轻推了推，露出一条缝，门开了，我走了进去，感觉暗道比以前长，差不多走了半辈子。渐渐地，我听到《我的未来不是梦》的旋律，这歌我熟悉，高三那年学校每天都放给我们听，高考结束后我们都意识到我们的未来确实是梦了。

暗道的尽头并没有光，又过了好久，我才走了出去。眼前没有电脑，不再是网吧，倒像个传销组织，和大学一模一样的阶梯教室，黑板上写着"决战国考我能行"几个字。台上的讲师西装革履，跟众人讲述自己的经历:"本人从事国考辅导二十余年,经验丰富,现在的市委秘书就是我的学生。"

同学:"老师,市委秘书刚被抓啊!"

老师:"那是我记错了,市政府的刘江才是我的学生。"

同学:"刘江也被抓了呀!"

老师:"妈的你考公是为了做一个好人吗?来,我们看下一题。"

我在人群中发现了一个略微熟悉的身影,想必那就是朱逆袭了。我走到他身边,坐下,他对我说:"我八岁生日那天我爸给了我三块钱让我去游乐园玩,后来我就再也没见过我爸。"

我说:"我知道你八岁丧父。"

他说:"大家都觉得我是被抛弃的,其实是丧父,你咋知道的?"

我说:"我猜的,你这人看起来就像没有爹。"

我还记得多年前他去我们家书店借色情小说,特地把有色情描写的片段撕下来留着,这绝对是没有爹的人才能做出来的事情。

我准备问问朱逆袭实习方面的事,他却先开口了,问我:"你买棺材吗?"

我摇摇头说:"不,现在谁还用棺材?"

他捏住我的手,满怀希望地说:"你奶奶不是要死了吗?"

我说:"我奶奶身体很好啊,虽然九十岁了,全家都盼她死,好分遗产,可她就是不死。而且,现在谁他妈用棺材啊?"

朱逆袭沉思片刻,跟我讲他们公司的棺材和传统棺材不同,"带LED照明灯的,坟头安个太阳能板,让死人有永生的感觉,客户覆盖苏北农村,主要面向企事业单位退休员工。"

说完他补充道:"这其实是我父亲的遗愿,打通生与死的界限,是这款产品的最终目的。"

我觉得他欺骗了我,我说:"你司不是搞垃圾场照明的吗?"

他连连点头:"是啊是啊,人就是垃圾,棺材就是垃圾桶,墓地就是垃圾场嘛!"

说罢他叹了口气说:"这生意不好做啊,之前卖了口棺材给斜桥镇的化工厂老板邱大明，他声称自己是个唯物主义者，却天天拜佛，死前联系我们定制一口棺材，金色款，内刻观世音菩萨和佛祖的雕像，二十四小时滚动播放《大悲咒》，说这辈子做的坏事太多了。"

"那么，他做了什么坏事呢？"我问道。

朱逆袭说："一九八六年，去化工废料池巡视期间，他一棍子放倒了当时的厂长王大志，谎称王大志家庭关系不和睦，心情抑郁自杀。当时王大志的老婆确实和邱大明搞在一起，众人惋惜，这种事情就值得死吗？总之，邱大明就这样当上了厂长。可怜的王大志，死后连根骨头都没留下来。"

我听得一愣一愣的，口水都流了出来。朱逆袭不管我的反应，自顾自地说着，"可是呢，上个礼拜王大志儿子跑去把邱大明的坟给挖了。过了几天，邱大明儿子把王大志儿子弄死后打电话给我说棺材灯不亮了，音响不响了，让我退钱，说爸爸会伤心孤独的，在坟墓里孤独！他还提出让我改进产品，在棺材周围布置电网，防止仇家挖坟。我退个屁的钱啊！还给我提意见，跟那些弱智产品经理一模一样的语气。可是我也没有办法，只能去他家里陪他睡了一晚上！"

我说："他的一些建议也不是没有道理，毕竟你的产品都是卖给畜生的。"

他说："确实，所以我在物色人才，你懂现场总线吗？"

我摇摇头，他吐了口唾沫，"那要你何用？你滚吧。"

我起身想走，他按住了我，递给我根烟，给我点上，然后他跟我讲："你知道吧，上一个技术总监，武大学电气的，什么都不会，连个灯都搞不亮，我要他何用啊？啊，面目可憎的大学生！"

我："大学生是这样的，都是废物。"

他说："还有，你知道吧，李诗诗结婚了，我以前的同桌，你应该也认识，她妈是开海澜之家的，她爸开赌场。她曾经让我带着她出去玩，那天碰巧我也不想上课，我们走了半天，发现哪儿也去不了，我就带她去网吧玩了一晚上。第二天他爸把我腿打断了，就在这个地方，就在这里。你看看周围，网吧变成了教育机构，什么都变了。"

我问:"那你为什么要来教育机构听课呢?你也想考公务员?"

朱逆袭说:"闭嘴。你什么都不会,你滚吧!"

其实这很正常,摇滚歌手也想上社保,他们只是不说,因为说了就不太摇滚了。

朱逆袭让我滚,我立马滚。但我一直关注着他的创业项目,听说由于用纯金棺材贿赂老领导,想借此打开市场,他进去待了一阵子。出来后他去了殡仪馆上班,在一次醉酒后躺焚化炉里去了,第二天清晨在睡梦中被同事烧成了灰。

这都是很久以后的事情了。

二

其实和朱逆袭的接触也不是没有收获,那段时间,所有人都不正常,我也不正常。我变成了一只动物,一只被性欲和食欲控制着的低级动物。每天吃很多东西,体重增长至二百多斤。我找不到工作,挂科八门,毕业无望,未来一片黑暗,但我无所谓。我总结了一下,这种生活的内核就是勇于承认自己是一个loser，并不以为耻。我每天大部分时间都在床上度过，把笔记本电脑架在肚子上，漫无目的地看电视剧，我甚至看完了三部《巴啦啦小魔仙》，太好看了，走在路上我都会情不自禁地来一句"巴啦啦能量"。

每个礼拜我只有一件正事，那就是去找我的导师汇报一次毕设进展。我总是空手过去，告诉老师我什么都没做，签个名字就回去。眼见着一起空手过去的人手里的东西慢慢多了起来，框架图电路图，我还是什么都没有，我可能毕不了业了。但我并没有很焦虑，生活是有生命的，它会自己继续下去，活着就是活着而已，我什么都不用干，最好活着活着就突然死掉了，我这么告诉自己。

但和朱逆袭的接触改变了我的生活，因为我得到了一个点子，我的毕业设计叫《基于CAN的智能垃圾收集系统》，我跟导师讲，我们可以设计一口智能棺材，人一死或者要死了或者活着跟死了没什么区别就把他装进去，上街，升天，下海，最后运垃圾场去。

导师听完对我说："你他妈怎么不早点告诉我？"

然后我提交了任务书和开题报告，直接通过，我体会到了主动驾驭生活的喜悦。但生活总是在关键时刻自己动起来，往你想要它去的地方反方向运动。提交开题报告后，过去了半个多月，老师还没有给我答复，我在学校里也找不到他。导师跑了，我还能毕业吗？我就去找和他关系较好的老师询问他的消息，比如我的哲学老师，人称"徐州大儒""彭城大隐"的李国政先生。

我大二时旁听过学校的哲学课，李国政就说过："人都是要消失的，如果谁从你生活中消失了，不要去找他，小心你也会消失。"

他和我的导师关系非常好，两个人合作制造"人类意识上传系统"，谋求人类在灵魂层面的永生，骗了不少国家经费。据说上面的人对这个项目很感兴趣，看来大家都不想消失。

我在食堂里遇到了李国政，他在跟土木的老师吃饭，他边啃鸡腿边说："你看我们学校像不像坟场，一个个房子方方正正的像不像棺材？"

搞建筑的老师连连点头："你说得对，我们活在棺材里，我们都已经死了。从这个层面来看，当代这种建筑风格也不能说没有存在的意义。"

我问李国政："老师你有看到陈老师吗？"

他抬头看着我，问道："哪个陈老师？"

我说："搞智能垃圾车的那个。"

他甩甩手："哦，他啊，不在了。"

我问："怎么就不在了呢？"

搞建筑的老师说："不该问的你不要问。"

我很委屈地说："他是我导师啊！我得做设计，毕不了业怎么办？"

李国政推了推眼镜，说："我跟你讲啊，"然后他站了起来，继续说道，"我都这么跟我学生说的，你二十多岁还在熬什么毕业论文，你早点死吧。维特根斯坦这个年纪已经在搞罗素了。里尔克，里尔克的诗已经写得相当好了！"

妈的神经病！我走出食堂，穿过人群，走出校门，走在徐州那阳光明媚的马路上，旁边是一个非常大的人工湖，风吹得我睁不开眼睛，我停下了脚步，眼泪刷刷刷地就往下流了。

我是不是应该跳进去？

纠结了几天，就在我准备自我放弃的时候，我的导师又重新出现了。当代人总是这样，突然消失然后又突然出现，原因不明。

导师精神很好，说去了趟北京，和政府机构聊了聊智能棺材的研发前景。"形势一片大好啊！"他说，"现在就看你的了小刘。"

可我总是空手去见他，我什么都不会。老师鼓励我说："多看看书，你一定行的！"

我说："我不行的，我什么都不会，你骂我吧。"

然后他就开始批评我了："我没见过你这么蠢的学生，你不能去淘宝买吗？"

我搜了下，没想到还真的有智能棺材，比我设想的高级多了：内置火焰喷射器，能够原地火化，还有内置冷藏设备的，存放一百年不是问题。

得知此事后，导师立马下单了一个，准备随便改一改去骗科研经费。他和我说："小刘，你的毕业稳了！"走出办公室，我觉得整个世界都变了，充满了希望，然后我接到了我妈的电话，她说："我想借钱给你买房子。"

一下子，我那颗善变的脑子又觉得这个世界变得非常灰暗了。我告诉我妈买什么房啊谁现在买房就是为时代接盘啊！我不要房子我以后也不想结婚家里有房子你们住就可以了！她很生气，但我说的都是实话。

挂掉电话后我想去看电影，买了张《超人大战蝙蝠侠》的票，也许是《蝙蝠侠大战超人》。我并不是DC的粉丝，但我会说漫威垃圾，这种行为毫无意义，也许很酷。我总是做毫无意义的事情，这让我沮丧，沮丧本身也毫无意义。在等待入场的人群中我发现了一颗秃了一半的脑袋，我认得那颗脑袋，那是刘老板的脑袋，"徐州炸鸡王子"刘老板。他把左边的头发往右边狠狠地撸了过去，想制造一种自己没有秃的假象。我曾经建议他直接剃光了吧，被他以"我没秃"为由拒绝了。

电影还有二十分钟才开场，我很无聊，便走了过去，我说："刘老板，long time no see，最近还好吗？"

刘老板明显不好，左边的头发也掉得差不多了，他捋了捋自己的头发说："我可能毕不了业了，我的导师让我这个礼拜交硕士论文初稿，我一个字都没动。我很焦虑，我对我的女朋友说我是个废物，毕不了业了，而且我的头发要掉光了，我们分手吧！她竟然欣然答应了。"

感觉他真是太可怜了，比我还可怜，我就故意说："我也可能毕不了业了，我的毕设还什么都没动呢。"

刘老板说："你不会淘宝买吗？"

我说刚才已经下单了。

刘老板说："没想到你是这样的人，看来我开除你是明智的选择。"

刘老板很嫌弃地看了我一眼，接着他告诉我早上他去法院了，我们学校欠了他三个月的钱，"你校是用校园卡消费嘛，我开个炸鸡店，你们刷的钱都先存在学校那里，过一阵子统一给我们商家。这次三个月没发了，我去找你们校长，他妈的不见我，我只能告你校了。"

听到这里我打断了他，我说："什么你校，不也是你校吗？"

他说："不，是你校。反正，我告了你校。今天开庭，就他妈走了个过场，法官跟我讲如果你校还不给钱就得继续这样僵持下去，反正我是没懂。"

刘老板开始抱怨个不停了："最近我认识了一些很

厉害的人,有个女孩子,她老板欠了她几个月工资,九个月过去了才开庭,太麻烦了,她直接买了把水果刀去捅了老板。钱没了,人也进去了。进去前,这个女生说,出来还要继续捅老板。还有一帮农民工,老板欠他们一年工资,人不见了,法院也不知道怎么办。最后农民工去工地爬塔吊,被以极端手段讨薪的罪名抓起来了。农民工说,出来后我继续爬塔吊。"

讲完这个故事,比较文学专业的刘老板总结道:"一个人,被赤裸裸地扔到困境之中,他奋起反抗,然后被彻底打败了。一个普通人的遭遇,无非是这样的,但这也彰显了一个人的尊严,人为什么存在,就像海明威说的。"

我又打断他说:"也许还有我这样的,欣然接受一切厄运,坐以待毙,随便什么障碍都能把我打败。"说罢我又否定了自己:"不,不是的,我妈想借钱买房,我在劝她,不过并没有用,她说现在买房政府有政策的,零首付,我居然心动了!"

刘老板说:"太不幸了,你的母亲被异化了,她失去了能动性,被异己的力量奴役了。"

我说:"不是只有资本主义社会才异化人吗?"

刘老板不停地摇头:"不是的,孩子。你想想,你是不是有时一早醒来,发现自己变成了一条狗?我的父亲就曾经对我说,他去北京开会,在下榻的酒店,醒过来发现自己变成了一头猪。我们必须反抗,反抗赋予生命意义。你跟你妈讲,再提买房你就去死,而且你必须真的去死,至少在身边带瓶农药。我那二十八岁还没结婚的表姐就是这样,她爸妈觉得她不结婚很丢脸,就到处安排相亲,连死过老婆的都来了,最后我表姐死了。"

我怕死,我说:"不,我坐以待毙吧。"

刘老板说:"我们都被异化了,你是狗,我是猪。"

说完电影开场,只有我们两个人走进了放映厅,看来 DC 真的要完了。

如何评价扎克·施奈德?我的结论:一个 MV 导演。对此刘老板不太认可,他说你不懂镜头语言,此人镜头语言世界范围内无出其右。

我说那么多慢镜头,人都给整懵了,扎克·施奈德本质上是一个现代导演,什么是现代?现代就是高科技,就是没文化。

刘老板说："你不会真的以为我要和你讨论电影吧？想想自己能不能毕业吧！"

有道理，妈的。

看完电影，我回到宿舍，打开电脑，想做一些有意义的事情。想了半天我找不到什么有意义的事情，包括写作。

三

在当代社会，人类以人的形态存活于世，并不是一件可持续的事情。我也还是断断续续变成畜生，这不由我控制，只能说太不幸了。每当我觉得自己又变成一只猪的时候，我就会想到刘老板，想到大半个刘老板都陷在椅子里，双腿架在桌子上，怀里抱着一大桶可乐，忧郁地看着空荡荡的大厅，他吸了口可乐，忽然就流出了泪来，他问我："小刘啊，你们年轻人为什么喜欢去音乐节啊？"

这其实是更久远的故事了，我还在华莱士炸鸡排，有一天店里收银的女孩子和炸鸡排的女孩子纷纷向刘老板请假去音乐节玩,"听说好多民谣歌手会去。"她们在办公室里愉快地交流着,刘老板随口说了句:"民谣歌手不都是傻×吗?"

两个女孩子的脸上顿时露出了非常失望的表情,她们说:"刘老板,我以为你这种学文学的人和这个炸鸡排的垃圾是不一样的!"她们很委屈地指着我说。

其中一位,情绪特别激动,她是负责给鸡排裹面粉的,自从被一滴油烫伤了手后她就不炸鸡排了。她老是一边裹面粉一边唱:"妈妈,这个世界会好吗?"讲道理,民谣歌手天天喊妈妈妈妈,妈妈都烦死了,这个世界怎么会好?

面粉女孩是才来的,兼职性质,据说学社会学,来做社会调查。调查谁?调查我吗?不敢想,可怕。我还记得工作第一天她在QQ空间里发了张自拍说:"来朋友的店里玩,体验生活。"有个男孩子回复道:"下厨房也这么漂亮,人美有钱三观正。"外加一个爱心的表情。有个女孩子回复道:"姐姐太美啦!"我院一四十岁秃头没结婚的男老师回复道:"好样的,大学生就应该这样,多走出宿舍,体验生活!"并且加了个中年人最爱用的点赞表情。

那张自拍连同下面的回复都让我印象深刻，当代三流大学中人类的生活现状。人类真是太不幸了。

她工作时总是对着手机笑，她的工作就是玩手机，所有人的回复都让她喜笑颜开。后来她写了份《服务业工人生存现状》，得了优秀论文奖，被评为优秀大学生。"在当代，大学生，去接触底层人民，接地气！不容易的！我看她就很有上世纪大学生的自由之风嘛！自由而有趣的灵魂！我校追赶复旦大学的脚步又一次加快了！"校长是这么评价她的。论文写完后她立马离店，朋友圈内容就变成"男朋友对我真好"了。

我知道了，她是来调查自己的。社会调查都这样，核心思想是"我很牛"，具体不展开讲了。

我问刘老板，为什么要招个废物进来？刘老板说："她的父亲就是我校教务处主任啊！"

那天，刘老板最终同意了她们的请假申请，两个人都走之后，店里就只有我跟刘老板。我站在收银台后面，没有客人，昏昏欲睡。刘老板大半个人都陷在椅子里，双腿架在桌子上，怀里抱着一大桶可乐，那是刘老板开发的华莱士超级大可乐，全家桶那么大，只要五块半，可以喝一整天。

刘老板问我："小刘啊，你们年轻人为什么喜欢去音乐节啊？"

我说："刘老板，我不知道，我没去过音乐节。刘老板，你为什么说你们年轻人啊？你并没有老啊。"

刘老板无力地摇了摇头说："我老了，再过一个月就三十岁了，一个一事无成的老废物。"

我说："不，刘老板，你是刘老板啊。"

刘老板说："对面卖把子肉的生意都比我们好，我们要倒闭了，回宿舍睡觉吧小刘。"

我说："即便这样，你还是我校的比较文学研究生呢。"

刘老板坚定地说："不，我只是一个文学投机分子！"

我一脸困惑地问："有这个词吗刘老板？"

"有的！"他吸了口可乐，继续说道："我刚来徐州时，在你校周围看房子，在一间阴暗的屋子的墙上啊，我发现了一句话，'刘文礼这种文学投机分子我是绝对不会与之为伍的!'你知道刘文礼是谁吗?那就是我的导师呀!我立马就要了那间房,那是一间没有暖气的屋子,小刘。"

我又问:"这个文学投机分子是个什么意思呢?"

刘老板看着我说:"就是,以文学为手段,去追逐自己的欲望,去欺骗别人的感情,去蹂躏别人的真心,用垃圾换取硬币,用废物换取避孕套的人。"

我说:"刘老板,我们不都是这么干的吗?我认识的一个办地下杂志的,都梅毒三期了。"

刘老板喷了一口可乐出来,"你不是在骗我吧,二十一世纪了,这不是只有民谣歌手才能做到的事情吗?"

说罢,店里来客人了,是不远处琴行的邹老板,他进门先向刘老板打了个招呼:"刘老板,今天不改论文吗?"

刘老板说:"My friend,今天不组织一波卖唱吗?"

邹老板笑了笑,径直来到了收银台,他说:"Amigo! 一份超级大鸡排,一桶华莱士超级大可乐。咦,今天怎么就你一个人啊小刘?"

我边打收银机边说:"那两个女人去音乐节玩啦。"

该死的收银机，怎么都弹不出来。

邹老板不停地摇头："现在的年轻人怎么没事都喜欢往音乐节跑呢？之前我们乐队上了迷笛音乐节，我觉得下面就是一群白痴啊。"

"在中国做独立音乐太不容易了，要唱歌给一帮白痴听。"邹老板总结道，"但从另一个角度看，在中国做独立音乐也太容易了，毕竟是唱给白痴听。"

我很生气地说："中国中国，你是哪国的？"

邹老板拿出护照说："我是印度尼西亚的。"

我立马说："那你滚回你国去啊！"

邹老板叹了口气说道："我回不去了，我原来是搞朋克乐队的，我们的政府腐败专制，我和我的朋友们想用音乐来表达我们的愤怒，后来他们都被抓了，强制剃掉了莫西干，扔到牢里去改造，太残忍了。而我逃到了你们国家，my friend，我爱中国，听众都是傻×，利好独立音乐。"

过了会儿他补充道："其实中国也需要朋克，但是amigo，中国没有朋克，中国只有音乐投机分子。"

我太惊讶了，我说："那你是个真朋克啊我的朋友。"

"啊音乐节！"大半个身子陷在椅子里的刘老板说话了。我都以为他睡着了，他又流出了眼泪。"旁友，你有什么故事要讲吗？"邹老板问道。

刘老板说："去年的这个时候，我在网上认识了一个远在云南的小姐姐，啊不，大姐姐。她是一位大资本家的女儿，二十八岁了，还没有结婚。她看伦勃朗的画，她听德彪西的音乐，她爱伍尔夫的小说，她告诉我，她是不会去相亲的，她要像伍尔夫女士那样找到自我，为自己活着。她说她爱我，无法自拔地爱上了我，让我带着她私奔吧，去有彩虹的地方，对着鲜花大海发誓，永远在一起。她说爱我，我就信了。她说在音乐节见面吧，我就去了。但我并没有在那里找到她，微信啥的也都不回我，我在那个愚蠢的地方待了三天啊，那帮愚蠢的人除了摇头晃脑叫着口号，别的什么都不会。朋友们，我被骗了，爱情的小手枪击中了我的心脏，那弹头上涂满了套路的毒药啊！你们看过《红与黑》吗？你们知道于连·索黑尔的结局吗？我们不可以追求超越自身阶级的爱情，否则等待我们的就只有断头台啊！我，一个亲密关系中的畸形儿！一个爱情温水中的蟾蜍！"

刘老板长啸一声，近乎昏死过去了，泪水还在他脸庞荡漾。邹老板说："My poor friend，爱情毁了你！但是于连的故事跟你不太搭了吧，这更像一个传统的网络诈骗故事，虽然不知道你是被骗了钱，还是被骗了裸照。"

我说："被骗了感情啊，我的朋友。"

"啊，是啊，太可怜了。感情是有限资源，用完就没了，他以后不会再如此爱上一个女人了！他会变成一只种猪，成为一只男女关系中的投机分子！"邹老板拍了拍收银机，叮的一声，收银机弹出来了，里面一块钱都没有，看来我们真的要倒闭了。

我一脸抱歉地说："邹老板，我们没钱找你了，要不你用支付宝吧。"

他挥挥手说："不！老子不用支付宝，从来不用的，我爱现金，cash！多么悦耳啊！现在的人啊逛商场都不带现金了，迟早要完！"

最后我跑大街上找了个乞丐，给他支付宝转了三十四块半，然后从他的碗里拿了三十四块半找给了邹老板。

"三十四块半都没有，我们倒闭算了!"刘老板说完，继续昏死过去。

那之后没多久我就被解雇了，我没有再去过鸡排店，倒是遇到过几次刘老板，他的脑袋越来越光滑了。

为了清考通过，我每天都努力做题。做到频频流泪，眼泪都流干了之后我跑去拉了个屎，不幸的是我喷出了不少血，天呐！我有痔疮了！虽然痔疮不会死，我还是担心自己会死掉。我是一个胆小的人，稍有点小毛病我都会跑医院去看医生。于是我跑徐州四院去挂号了，有十个人排在我前面，一个女医生跟我讲："试一试我院最新的微信挂号吧，不需要等，非常方便。"我离开了队伍，跟着她去学习如何用微信挂号，过了二十多分钟，我终于挂上了号。不得了，高科技。

然后我带着单子去401室门口等戚小明医师，远远地我看到了一颗熟悉的脑袋，它没有头发，光溜溜的，我认得那颗脑袋，那是刘老板的脑袋啊。上一次见到时，那颗脑袋上还有不少头发，想必刘老板最近又过得不太好了。

刘老板坐在402室门口，腿上放着一堆资料，封面上写着"当代文学投机分子的爱情观研究"，我说："刘老板，这也是文学研究范畴内的东西吗？"

刘老板说："我不是刘老板啦，华莱士要被我卖掉了。"

我说："刘老板，你还好吗？"

他目光呆滞，反应迟缓，他说："不好啊，不好。"

戚小明开始喊我了，"刘先生，刘先生，请到401室来接受检查！"

刘老板突然起身，往401走。我说："刘老板，是我，不是你。你等着啊，等我出来一起去吃点东西。"

然后我就去了401室，一进门医生就让我脱裤子，我脱掉裤子，跪在床上，听到医生戴橡胶手套的声音，就那种"啪"的一声，我心里特别的舒服。医生的手伸了进去，好爽，天呐！我说："为什么我会觉得舒服呢？"

医生说："正常啊刘先生，直肠指检隔着直肠壁会触到前列腺，不需要觉得羞愧。我们人类啊，只是动物，我们要正视一些东西，啊，舒服吗刘先生？"

我说:"舒服啊,戚医生。"

过了半个小时,我从401里走了出来,医生表示我确实有痔疮,千万不能再吃辣了。妈的,在徐州,我们学校食堂连炒青菜都放辣椒。我出来后发现刘老板已经不见了,地上遗留了几张论文,我捡了起来。好饿啊,我回学校后就去了华莱士。发现刘老板居然坐在华莱士里,像往常那样,大半个人陷在椅子里,双腿架在桌子上,怀里抱着可乐,不同的是,可乐变小了,正常尺寸。

我走到收银台前,说:"一份超级大鸡排,一桶超级大可乐。"

那个收银员,一个男人,他说道:"我们没有什么超级大可乐,普通的大可,一杯六块钱。"

我付了钱,然后拿着我的小鸡排和小可乐跑刘老板旁边坐下了,"这个鸡排都是面粉啊,跟屎一样!这个可乐一看就知道是劣质糖浆冲出来的,不能忍啊!"我抱怨道。

刘老板缓缓地说:"现在这家店不是我在管理啦!"

我问:"发生了什么?"

刘老板说:"我去看我爸爸了。隔着监狱那个玻璃,他说,刘隼,你真的很差劲啊!我的导师刘文礼,他说,孩子,你退学回家吧,你不要读了,没有天赋你读什么文学?太宰治在你这个年纪都自杀好几次了!我说我没有家了,我是一条在干涸的泥塘中寻找水滴的丧家犬啊!对了,我还去了趟云南,她没有骗我,她都死了一年了。人活着真是太不容易了,这非人的人间呐。"

最后他补充道:"我是个没用的老废物。"

刘老板开始呜呜呜地哭泣,二〇一二年之后,我总是见到男人哭泣,这种生物仿佛突然变得比女性更加柔弱,都变成了废物。男人都是废物!废物!

刘老板继续哀嚎着,他叫道:"在你的脸颊上怎样滚动着吝啬而伤心的男人的眼泪啊……"想必又是什么文学作品中的句子。没等我问,刘老板就说:"《一个人的遭遇》看过吧?肖洛霍夫,了不起!小刘啊,我们都只是普通人,我们都活到文学里去了呀。一个文学投机分子的遭遇,这就是我,哈哈。"

我说:"我们不是活到生活里去了吗?"

刘老板说:"这两者又有什么区别呢?你能分清自

己是活在科恩兄弟的电影里,还是活在所谓的真实世界中吗?"

我说:"我不知道。刘老板,但是你怎么能忍受鸡排裹着那么厚的面粉,这个地方没有华莱士超级大可乐呢?"

刘老板不再说话了,他闭上了眼睛,开始睡觉。

百无聊赖的我翻了翻刘老板的论文,最后一段是这样写的:

我愈发觉得,活着就只是活着而已,并且承受这种状态带来的甜蜜与痛苦、快乐与忧伤。在生命的漫漫长夜中等待死亡的降临,其间或有光芒出现,也只是短暂的一瞬。我的生命之火一次又一次熄灭,我一次又一次鼓起勇气将它点燃,我不知道这是为什么,大概是因为我只是活着而已吧!我的勇气不足以让我去死,已经死去的诸君,一了百了无需承担那些烦恼的诸君,你们是开着怎样的外挂离开人世的啊!

想必这不是一篇严谨的论文,想必他的这篇论文还没有写完。我无意翻看之前的内容,即便那里面有我想知道的故事,我悄悄地离开了华莱士。过了几天,刘老板告诉我他不打算把华莱士卖掉了,"在隆冬,我的身上有一个不可战胜的夏天!知道吧,小刘,知道吧!"

我不知道这是什么,但是他邀请我毕业之后去他店里炸鸡排,我欣然答应了,这是一个让人无法拒绝的邀请,它来自一个无数次被现实打败却一次又一次鼓起勇气点燃了生命之火的男人。

四

刘老板盛情难却,我又去炸鸡排了,同时找了个用CAD设计工业电路的外包工作,为了混实习证明。

其实我不大会用CAD,学的时候也只是随便动动鼠标,大部分时间是趴在桌子上睡觉。这门课一周有两节,一节在俄语课之前,还有一节在体育课之后。要上俄语课,大家心情都很低落,谁还会好好上别的课呢?上完体育课,大家都很累,谁还会好好上接下来的课呢?

作为一个不爱运动的人,体育课我选的是桥牌,属于老师嘴里那一小撮"为了逃避体育运动而选了这门课的同学"。

我以为可以玩一下午手机,上了课才发现规则很严,四人一组围着桌子打牌,别的事情不能干。我是个弱智,根本无法理解这东西的玩法,叫牌加倍,装模作样叫了一年,到考试我都不知道是什么意思。这期间还被桥牌协会的叫去打了几场牌,我乱打一通,一位长者说道:"这学生路子野啊,是个可塑之才。"然后语重心长地对我说,"好好打牌啊,以前有个学生桥牌打得好,被省领导看中了,毕业后就去陪领导打牌了,这不比你天天哼哧哼哧刷题考研有用?"

人群中发出啧啧赞叹声,仿佛那是一个多么光明的未来,而我脑子里满是一个年轻力壮的小伙子跪在地上叫领导"爸爸"的画面。

桥牌最后的考试是大家打牌,几轮下来分数最低的那两个不及格。我和搭档的分数是最低的,但是她平时分是满的。讲道理的话,我请了一次假去南京玩,我对辅导员说要做个痔疮手术,他就给我开了假条,然后我把假条给了一个同学,让他转交给桥牌老师,但那礼拜的课他没有去,也没帮我交假条,所以我的平时分就被扣了点，最后我就成唯一不及格的人啦。妈的当代大学，谁都不能相信。

体育补考是立定跳远和跑八百米，我连体育都要补考，这是一件多么不幸的事情。于是，大二时我没再选桥牌，而是跟室友一起去上北派少林拳。老师是个戴着金链子的中年男子，喜欢说"我们北派和南派是不同的"，虽然从来不告诉我们有什么不同。

我总是盯着金链子看，我觉得里面应该是巧克力，那种非常劣质的，用金色的纸包着的巧克力。上课他都是先让我们压腿二十分钟，绕着操场跑一圈，再给我们示范一些动作，然后就没啥事了。

记忆中他老是打电话接电话，感觉是个贩毒的，而体育老师只是副业。怎么讲，一个人远离人群，独自蹲在操场边缘的树荫下，点支烟，吐一口烟说一句话，"你这批货不行。"面无表情，非常平静，若是有人靠近就站起来换一个地方，继续打电话接电话，我觉得贩毒的就应该是这个样子。后来有人告诉我他开了家大排档，在午夜的街头炒猪大肠。"不好吃，食材不行。"

这个北派少林拳我后来还是挂掉了，老师说姿势太难看,我又得补考体育,实在是太不幸了,想到以前的事情,想来想去也只是挂科很多,莫名其妙地挂科。

毕业答辩前我对导师讲:"老师我论文写不完了,我还有不少课挂着呢!我要重修,我要考试,让我二辩吧老师。"

老师说:"你怎么就写不完呢?我们班挂了八门课的都写完了!"

我说:"他是买的啊老师。"

老师说:"我不也让你买了吗?"

我说:"我没钱啊老师,一个棺材几万块,毕设要实物的呀!"

老师说:"没钱你自己做呀,自己做个设计图,校长办公室的红木桌子偷过来劈了,欧克了呀。"

我说:"我不会用CAD,我不记得89C52单片机的特性,我不会写代码,我用电烙铁把手烫伤了。"

老师非常失望地说:"那你回去睡觉吧。"

然后我就回宿舍睡觉了,睡了好几天,偶从床上爬起来想写点论文,也只是坐在椅子上,想点以前的事情,比如CAD老师是一个很好说话的人,我什么都没做就让我过了，比如复变老师是一个非常严格的人，不管怎么样就是不让我过。唉，我的复变函数还挂着呢！

于是我就跑去问复变老师要重点。"你终于出门了!"说话的室友看起来很高兴的样子。我的室友告诉我，我的存在让他们感到焦虑，我从来不出门，从来不学习，也不找工作，这让他们对自己的存在产生了困惑。

其实他们的存在也让我感到焦虑，他们总是坐着写论文，不吃不喝，不玩游戏不看电影，写一会儿呻吟一下。我建议他们像我一样爬床上去睡觉，写个屁论文啊，他们拒绝了，然后继续无病呻吟"啊啊啊我毕不了业了"。

教复变的老师姓陈，一个没有头发的男人。哎，我认识太多没有头发的男人了，估计以后我也会没有头发，男孩子以后都会没有头发的。其实那个老师上课时说过自己是光头不是秃头，还让我们摸一摸，然而并没有人去摸。我校还有一个脑子有病的老师，与陈老师相反，他长发及腰，我们问他为什么留长发，他思考了一周，最后对我们说："因为自由。"

我的老师没一个正常人，比如陈老师不喜欢别人叫他陈老师，他希望我们叫他陈师。每节课他都有一个主题，第一节复变课他就在黑板上写了"陈师布道"四个字，总之是个奇怪的男人，下课之后就很难找到他人了，也不给我们联系方式。他出的题目非常简单，但到了补考重修积欠就非常难了，这大概是一种奇怪的癖好吧。非常不幸的是我第一次考试的时候睡着了，成为了唯一挂科的人，之后的考试对我这种弱智来说就很难了，我总是在试卷上发现实变函数的题目，感觉像吃了屎一样。

参加第一次重修考试时，遇到一个大六的，他自称在临沂卖臭豆腐，只剩这门课没过了，每年都坐火车赶回徐州考试，"没有毕业证找不到工作啊。"他非常苦恼地说。

"朋友，卖臭豆腐挺好的，自由。"我说道。

他若有所思地说："但我仍然被毕业证挟持了，我是不自由的。"

我说："朋友，你可以是自由的，你懂我的意思吗朋友？"

他想了会儿说:"我懂了,老子不考了。"说罢他便收拾东西走了,临走前他问我:"朋友你为什么还要考试呢?"

我说:"这是我的选择,而且我不是卖臭豆腐的啊朋友。"

"好吧咧,你也是陈师的学生吗?"他问道。我点了点头,他对我报以同情的眼神,然后说:"陈师办公室在1A楼地下室,但是他不常去。我的09级学长在那里找到过他,听说给了八十分的原题,不准给别人,不然大家都过不了,你校历史上这种事情只发生过一次。我去找过他几次,请他吃臭豆腐,都失败了。"

我便开始往地下室跑,那里有几百辆废弃的自行车,铁锈布满灰尘蜘蛛网,它们被几条长长的锁链拴在一起,没人记得它们,也没有人会来这个地方。在地下室的深处,我走了约莫十几分钟,发现了一张办公桌,静静地被放置在墙角,这是陈师办公的地方吧,但我从来没有在那里等到过陈师。偶尔会在教学楼里遇到上完课的陈师,他提着一个印有爱因斯坦头像的手提包,走在人群中,毫不起眼,即便他没有头发。

我知道走在路上的陈师不是我要找的陈师。我也像很多直接找他的学生一样，走上前，跟走在路上的陈师说："陈师，你能不在复变试卷上出实变的题目吗？"陈师沉默不语，像一堵行走的墙一样。我不放弃，继续跟着他，两堵墙走在路上，一堵墙对另一堵墙说："我毕不了业了。"墙说："关我什么事？你是个自由的人啊。"这句话正确得令人无法反驳。

某日，我拿着复变函数的书，像以前一样，走在前往地下室的路上。我知道是没有结果的，我就是想出去走走。天热了起来，漫天柳絮，睁不开眼睛。宿舍楼下有一片草地，铺着长长的石板路，路的尽头便是1A楼的入口。我在草地上发现了一只在蹦跶的小动物，看起来像一只老鼠，它并不怕人，我蹲下去后它就往我这边跑了。

貌似是一只豚鼠，不知道谁丢的，我校流浪猫太多了，这货肯定活不下去。我便抓起了它，折回宿舍，在一楼挨个宿舍问有没有人丢宠物啊？问了半天没有人丢，当代大学生，养宠物一般都是养了一阵子就弄死了，太可怕了。

一个自动化班的同学对我说:"给我的松鼠做个伴吧。"

我走进了他的宿舍,在他的桌子上发现了一堆电器元件,我认识那些东西,89C52单片机、超声波模块、CAN总线。我问:"这是你的设计吗?"

他将那只豚鼠放到笼子里后说:"是啊,一个垃圾桶。"

我说:"朋友,我的设计也是垃圾桶啊,我做的是一个可以把人火化的垃圾桶。"

他说:"是嘛,我的没那么高级,我的垃圾桶就是个垃圾桶。"

然后他给我看了他的设计,确实就是个垃圾桶,楼底下超市买的,五块钱一个。

"那你的比我厉害呢!"我说道,"可是,什么样的人会在意这种东西呢?"

他说:"我们好无聊啊,这种设计,我们毕不了业吧。往年就是抓那些胡乱设计的,有人做了个会动的生殖器,你知道吗?他完了。"

我摇摇头,豚鼠躲在笼子的角落里,松鼠挂在笼顶部看着那只豚鼠。我准备走了,见我拿着复变的书,自动化班的同学说:"同学,你是要去找陈师吗?"

我说:"是啊是啊。"

他说:"那你真是太倒霉了,陈师是一个活在前现代的男人,这里的前现代是文学上的概念。他是一个与世界对抗的男人,一个浪漫主义者,一个数学骑士。"

我是第一次听到这样一个概念,我说:"朋友,我是一个活在后现代的垃圾啊,一个废物,一个骑着垃圾桶的男人。"

"Garbage Knight?"

"再说一遍?"

"没什么,谢谢你的豚鼠。"

又一次走出宿舍楼,已经是下午三四点了,太阳还很大,我讨厌太阳直射北半球的日子,五六点天不黑我就心慌。宿舍对面是食堂,这个点已经有很多人去吃饭了。有一种饥饿的感觉,我扔掉书,跑去吃了份牛腩盖饭。复变什么的,去你妈的吧!

我吃了一个学期的牛腩盖饭,太他妈好吃了。老板是往届的学长,没能毕业,就开了家店卖盖饭。"这他妈不比你们拿个没用的毕业证去厂里上班强?"

我去的时候老板正在看电视,那个学期新添置的电视,嵌在墙上,非常大。好久不看电视的我站着看了会儿CCTV7的《致富经》,真是好看啊,纪实摄影文学,当代小人物通过养鸡养鸭养各种小动物致富的故事总是让我如痴如醉,让我想回到老家养猪。

收银台后面有个男人蹲着切萝卜,他发现了我,问我吃啥,我说:"有饭嘛?"老板转过头来说:"有的有的。"然后他招呼那个男人去给我热饭,"老顾客了,多给他点牛肉。"老板说。

汤汁依然很黏稠,牛肉煮得挺烂。我问老板:"学长啊,你以前为什么没能毕业啊?"老板没有说话,我抬头看了看他,他盯着电视,"四十六岁的陈前贵终于迎来了人生的转折点,蚂蚱大丰收,他从一个负债累累的农民变成了一个年入千万的富翁,商品远销东南亚……"我继续吃着盖饭,节目结束后,老板说:"去年这个时候我还不会用Word,论文格式错了。他妈的,三本还看论文格式,搞笑呢。"说罢他点燃了一支烟,抽了口,不再说话。

吃完饭我去散步，途中经过一家超市，"苏佳龙超市欢迎您"几个字闪烁不停，门口摆放着一堆促销方便面，大概快过期了吧。超市是一个美好的地方，当代伊甸园，让人流连忘返。

我买了一排李子园牛奶，好多年没见过这东西了，四瓶六块半。我还买了一袋麦丽素，然后想了半天麦丽素这个名字是怎么来的，Mylikes，让人感到惊喜。

我在超市里待了一个多小时，出来的时候天已经黑了，遂返回宿舍睡觉。"人应该趁着年轻的时候多睡觉，"我的父亲，一个五十多岁的男人曾经这样说过，"四十岁之后我就没再睡过好觉。"

如果可能，我想随时躺平，长眠不醒。

五

一觉醒来我想劝说刘老板不要开炸鸡店了，换个别的干干。这是看了《致富经》之后才有的想法，炸鸡店太多，竞争激烈，大桶可乐也不能吸引食客。二十一世纪，人类讲究养生，很多东西人都不吃了，可乐首当其冲，而无糖可乐是没有灵魂的，我最看不起喝无糖可乐的人。总之，时代变了，我对人类很失望。

但我找不到刘老板，他不见了，有一阵子没去上班，虽说老板是可以随时不来上班的。刘老板曾说过，他第一次打工是在一家网咖，每天负责给顾客泡方便面，他从来没见过自己的老板，直到最后被以方便面泡得不行为由辞退也没有见到过。"传闻我的老板是一个拥有二十四家网咖的男人，他可能在其中任何一家，也可能不在，他会在一个普通的日子打扮成一个普通的顾客去吃你泡的方便面。"这段经历大概是促使刘隼变成刘老板的一个因素。

仔细想一想，哪天刘老板打扮成一个普通顾客跑来吃我的炸鸡，那真的是一件非常可怕的事情。在华莱士上班的时候，我每天就担心这种事情。但是刘老板只拥有一家炸鸡店，也只有一个员工，并且他是一个没有家的男人，每天都睡在厨房的储物箱里。所以我觉得，刘老板应该是失踪了，也有可能是死了。

最后一次见到刘老板是在厨房的储物箱里，他趴着，两只手抓着根双汇肘花小火腿啃啊啃，像一只兔子。

我问:"刘老板你为什么要在储物箱里进食呢?"他一脸不解地说:"这是我睡觉的地方,你他妈没在床上吃过东西吗?"说罢,继续啃他的火腿去了。又过了会儿,他从储物箱里爬了出来,擦擦嘴说:"小刘啊,这个小火腿真的不含淀粉吗?"

我指着满地的包装纸说:"刘老板我不知道啊,我吃了一个礼拜的方便面,把超市里的火腿肠都吃遍了,觉得这个特别好吃就买了一箱回来,创造出了一个名叫炸火腿的新菜品,你把它们都吃光了我们的顾客吃个屁啊。"

刘老板看着我连连摇头:"可是我们并没有顾客啊。"我转过身子看了看空无一人的大厅,觉得他说的非常有道理。电风扇呼啦啦地吹着,上面布满灰尘,它只能转90度角,中间还要停顿一会儿,像要死了一样。那是刘老板走了二十公里去一个不知名的乡村淘回来的蝙蝠牌电风扇,听说是上个世纪风靡南京的品牌,不过我并没有听说过。除了那半死不活的电风扇,刘老板还带回来一台三菱空调,已经看不见三菱的标志了,我怀疑是什么没牌子的老空调，刘老板坚称那就是三菱的，而且是三菱电机，不是三菱重工。

我不知道它们之间的区别，总之，天气炎热，气温刚刚超过28度的那天我给三菱空调插上了电源，可是没有任何反应。"坏的，放店里做做样子。"刘老板说，见我一脸气愤，他又补充道："隔壁拉面我吃了七年了，他们家从来不开空调，我这样做也没什么区别嘛。"

我觉得刘老板一定是去了什么大型垃圾堆，而不是他所说的"情系农村家电下乡"惠民活动。我爱垃圾堆，小时候经常去家旁边的垃圾堆玩，捡点奇怪的东西回来，后来那垃圾堆被我妈平掉了，说是不吉利。我家后面原来还有个大型化粪池来着，也被我妈以不吉利为由平掉了。人们开始走很远的路去扔垃圾，不过我不知道大家拉的屎都去哪里了，地底下应该有一片屎的海洋吧。终有一天大地会被撕裂，所有人都会掉到屎的海洋里去，退化成蛆，以屎为生，这是我小时候给人类设想的最终结局。

我给自己倒了杯可乐，坐到最里面不会被阳光照射到的位置，喝着可乐发呆。没多久，刘老板也跑过来发呆，他喝完两杯可乐后说："我们应该经常这样，装作店里有顾客的样子。这种事情我很有经验，在招到员工之前我一个人在店里发了半年的呆。"

过了几秒，他说："算了，过几天我们吃散伙饭吧！明天我就研究生毕业答辩了，一切都结束后我要去宁夏了！去成为一个教育工作者，在课堂上胡说八道！"

我说："好啊好啊，对面新开的淮阳人家炒菜不错。"

刘老板说："我的朋友，前天我去吃过了，一点都不好吃啊。"

然后我们讨论了很久附近有什么好吃的东西，最后得出了结论，徐州，乃至整个苏北都是饮食的荒漠。

"我很想吃我爷爷做的大白菜炒肉片，可是他已经死了。"刘老板忧伤地说。

我说："我也想吃我爷爷做的大白菜炒肉片，我们那边叫黄芽菜，可他已经好多年不做菜了。现在每天都坐在院子里发呆，偶尔说几句警察要来抓我了，但没有人理会他，大家都觉得他的脑子已经坏掉了，我想他大概是快死了吧。"

"我的爷爷是一个革命者,年轻时打烂了不少反动分子的狗头,后来他的儿子被抓进去了,这真的是太不幸了,我爹进去没一年我爷爷就生病挂掉了。"刘老板目光涣散,哀嚎着,"这是我们家族的报应啊。我好想吃大白菜炒肉片。"

我说:"刘老板,我爷爷也是个革命者,他为什么要怕警察呢?"

刘老板说:"这是一个复杂的问题,我们还是想一想散伙饭吃什么吧。"

今天吃什么可能是世界上最复杂的问题,我每天要花非常多的时间在今天吃什么上面,从来如此。

在讨论了一个多小时后我说:"刘老板,我们买菜回来自己做吧。"

"那真是太好了。这天好热啊,我好想去舔一舔巫婆的奶头。"刘老板边擦汗边说,"你说那是个什么样的奶头呢?"

我没有听懂他在说什么,在确定我不知道他说的是什么之后,刘老板说:"小刘啊,你是个文盲吗?"

我说:"应该是吧,呜呜呜。"

"没关系的。"他拍了拍我的肩膀,"学生会主席也是个文盲啊,但这不影响他当学生会主席。"

我说:"可我不像他那样有一个好爸爸啊。"

"没关系的。"他又拍了拍我的肩膀,"你看我也有一个好爸爸啊,他被抓进去啦。"

和刘老板的最后一次对话就这样结束了,刘老板爬回储物箱睡觉,我离开了炸鸡店,回宿舍睡觉。宿舍没有空调,我跑天台去铺了张席子,可是蚊子实在是太多了,一夜未眠。

满身疙瘩的我去炸鸡店上班,发现刘老板不在店里,应该是去答辩了吧。

我的毕设答辩倒是通过了,我贷款买了个棺材。互联网时代,金融创新如火如荼,随便注册个贷款 app 就能撸钱出来,我一下子撸了几万块,给自己买了口棺材,我已经做好了不还钱的准备。

后来确实不用还,小贷公司都倒闭啦!我的舍友就借了二十几万,人家上门催收他就问候人家爹妈,暴力催收没人打得过他,他联合我校所有借了贷款的同学一起抵抗催收人员,那阵子出了不少大学生还不上贷款跳楼自杀的新闻，我校就没有发生过这种事情。要裸照，你拿去好了；要钱，一分钱都没有；要命，你敢来拿吗？

催收公司对此毫无办法。后来的故事大家都知道了，小贷公司都倒闭了，这帮放贷的畜生。

毕业答辩是一个痛苦的过程，我并不想回忆。十个问题我只回答出了一个，那就是："这东西是不是你自己做的?"这个问题我已经在心里练习了许多遍了，听往届学长说问到这个问题那你就真的是个废物了，你要回答这是在同学的帮助下完成的，老师就会给你一个仁慈分，倘若你非要说这是自己做的，那你就完了，"老师又不是傻子，你是个废物啊，废物怎么会自己做呢。"

毕业实在是一件困难的事情，我的废物表哥来徐州看我时就对我说过："你们本科生毕业这么麻烦啊，我们大专都不要写论文的。"妈的，早知道上大专的。

答辩结束那天，到晚上刘老板都没有出现，打电话也没人接，应该是去庆祝毕业了吧。我听说，那些上了年纪的延毕的研究生，会在成功毕业的那天去云龙湖边上放浪形骸，在充满酒精与荷尔蒙的温柔乡中，荡漾着老男人伤心的泪水，所以那晚我并没有去寻找刘老板。由于店里没有一个顾客，我早早关了店门，回宿舍打游戏了。我的电脑散热特别垃圾，玩一会儿就他妈能烤鸡蛋，于是我用塑料袋装上水放在键盘上，一种低配的水冷散热，电脑一下子就不卡了。我玩了三局，都输了，玩第四局时我一身神装即将强势翻盘的时候那个塑料袋破了。

我捧着电脑的尸体去楼下神龙电子找人修理，老板姓胡，三十岁，盐城人，我经常找他开黑打游戏，不过他当时已经不怎么玩了，只上直播平台看人家玩。一个热爱游戏的男人有一天突然不玩了，开始上直播网站看别人玩，那他就是老了啊。

"年轻人太可怜了，主要就是穷。"胡老板边检查我的电脑边说，他老是喜欢在修电脑时说些有的没的。

他说："你要毕业了吧。我当初在盐城，什么都不会，毕业无望，就跟同学包了一千块红包去找老师。都是学生，特别紧张，老师倒是特别好，给我们端茶倒水，告诉我们不要紧张，以后走上社会，这种事情还很多，比如小孩子上学啊，家里老人住院啊，说着说着他就哭了出来。最后他没要我们的钱，但还是让我们过了。

"你啊有女朋友啊？天天打游戏，肯定没有啊。我那时候女朋友徐州的，她毕业回家，明确表示不想去别的地方，分手吧。我爱她，我不想分手啊，我就来徐州了，后来她跟别人结婚了。

"你这电脑好老啊。华硕的，华硕不行。你这机子里面怎么那么脏，居然有一粒花生，它是怎么进去的？我一开始是做软件的，老板把我们当狗，每天一堆任务，赚点吃饭的钱，后来我就不干了，自己当老板，修电脑。

"你这个硬盘换过啊，西部数据的黑盘。我告诉你，这个机子就硬盘最脆弱。

"毕业工作了你就会发现大部分工作都是浪费生命，但这是没有办法的事情，浪费生命去换钱让自己能活下去，这真是太荒谬了。

"你的电脑修好了，换了个主板和键盘，一共六百块，你可以去我们淘宝店下单，能用花呗。唉，年轻人真是太可怜了，没钱啊，我刚毕业住的地方连张床都没有，晚上就裹张毯子睡觉。"

我打开支付宝，发现还要还一百多块钱，这是一件多么不幸的事情啊！每月自动扣钱，我并不太在意，并且告诉自己这应该是最后一次扣钱了，我他妈买了什么居然连续扣了那么多月，仔细想了想应该是给喜欢的女孩子买的情人节礼物，她并不喜欢，她也不爱我。

给自己又加了几个月的债务之后，我捧着电脑回宿舍了，有一种买了新电脑的迷之喜悦。在宿舍门口遇到了室友王先生，他光着膀子，扛着自己的竹席被褥对我说："去地下室睡觉吗？非常凉快。"我就跟他跑地下室去睡觉了，确实凉快，还没蚊子。我爱地下室。高中时我每天骑着小电瓶车去上学，直接冲进学校地下停车场，冬天那里特别温暖，夏天特别凉快。高考前某一天，热得逼人，我冲进地下室的时候发现地上多了块床垫，我就趴上面睡了一觉，这辈子都没睡过那么好的觉。学校应该把宿舍搬地下室去啊，网吧应该把电脑都搬地下室去啊，人类应该都搬到地下去。谁此刻没有房子，就不必建造，就地打口棺材，把自己埋了吧。

第二天刘老板仍然没有出现，我在店里睡了一天后就回去了。有一个客人，点了份薯条，一个人坐了一下午，其间曾起身去开空调，失败了，在空调前站了十分钟，多么不幸的男人。第三天仍然一个顾客都没有，我并没有想寻找刘老板的欲望，我的母亲曾经骑着自行车出了家门，我问她去哪里啊？我爸说人是自由的，你管她。但在第四天，我却有了强烈的想寻找刘老板的欲望，我没钱了，他还欠我两个月工资！

我给刘老板打了好几通电话，就是没人接。在给一个顾客做完蓝莓冰沙后我锁上门，准备去寻找刘老板了。在店门口，我遇到一个警察，我认识，收费的，姓张，叫长矛，挺奇怪的名字。以前还留长发呢，现在居然是光头了。

我说："张总，好巧啊，来收钱？"

他说："我早就不干了，现在做鸡排生意，你们老板欠我钱呢，我找不到他，只能跑这里来了。"

我说："你就是刘老板嘴里的那个傻×批发商啊，刘老板不见啦，他也欠我钱呢，我正要去找他。"

然后我就和张长矛去寻找刘老板了。我们先去找刘老板的导师，刘文礼先生，一个经常飞美国去给美国人讲中国文学的男人,一个为了文学理想放弃了文学院院长职位的男人,一个为了爱情而放弃了入赘富商家庭的男人,刘老板经常跟我提到他的导师,他总是以"那个男人"开头,以"那个男人就是这样的"结尾。

印象中,刘老板最后一次提到那个男人是关于大学生专业选择的讨论,刘老板说:"那个男人跟我说,小刘啊,为什么学文学呢?文学已经死了,你为什么不去做程序员?代码也是一种语言,优美的代码亦是一种文学!不要把自己局限在表象的文学中,你应该去寻找更广阔的文学!妈的那个男人就是这样的悲观啊。"

那天,决定去寻找刘老板后,我和张长矛在校门口遇到一个曾经一起玩的男孩子,当时能遇到曾经一起玩过的人已经很不容易了,他们中的大部分人都离开了徐州,不知道去什么地方讨生活了。

那个男孩子手里抓着几张纸飞奔着,他看见了我们,招了招手,继续飞奔,我叫道:"朋友,你为什么像风一样?"

他回过头来说:"我去交三方协议呢!"

我自言自语道:"三方协议是个什么东西啊。"

张长矛说:"那是能让你校就业率达到百分之百的东西啊,那是能让废物取得毕业资格的美好的东西啊。"

说罢我们又遇到一个认识的人,说些什么好,只能问一问"你找到工作了吗"这样的问题了。他看起来很沮丧,摇摇头说:"并没有,只能回家接手父亲的企业了。"

我们来到刘老板导师所在的办公室,进去之前我觉得有点渴,办公室门口有一台自动售货机,我问张长矛:"你想喝什么?"

他说:"苏打水!"我找了半天也没找到苏打水,我问:"苏打水在哪里啊?"他说:"印着吴秀波脑袋的那个。"

最终我没有找到苏打水,塞了六个硬币,想喝可乐,可是什么都没出来,这玩意儿也是垃圾堆里捡回来的吧。我推开办公室的门,一阵风迎面吹来,窗户开着,夏天的感觉。一个没穿上衣的男人陷在椅子里,双腿架在桌子上,凉鞋,还他妈穿了袜子,这就是那个男人了吧。

我不知道以怎样的方式开口,他看起来像睡着了。

张长矛直接走了进去，抬起手，想要推一推那个男人，可是那个男人却先睁开了双眼，他说："同学们，你们知道我在干什么吗？我在抄你校书记的讲话，听说这是高校老师群体中一个新的潮流。我已经失眠好多天了，每天都在思考当代人类的普遍困境，今天我抄了一会儿他的讲话就睡着了，效果这么好，你校有救了呀。"

这话真的是不知道怎么接了呢，张长矛看起来比较有经验，他说："老师，人一出生就被判了死刑，你校也一样啊！"

那个男人突然来了精神，他坐了起来说："你说的不是没有道理，不过你只知道人终将死去，你不知道我们的存在本身就充满了意义。"

张长矛说："老师你真的知道自己在说什么吗？人生能有什么意义呢？"

那个男人沉默良久，突然开口，边说手指还转来转去，特别像凉宫春日，他说："经历了人生的幻灭之后我就爱给自己创造意义了，生命本身是没有意义的，我们是随机产生的东西，但我们有追求意义的本能啊，所以我们痛苦啊同学！"

接着,那个男人给我们讲了他为什么痛苦,大概就是有一天他班上有个学生突然跪下来叫他爸爸,中年丧子的他一下子就被那个同学打动了,后来在那位同学的忽悠下,他买了超过一百万的保健品。

"我的棺材本都被他骗走了。"那个男人沮丧地说,"现在的人怎么这样,他的良心不会痛吗?这还是中文系的学生。"

末了,又补充一句:"我读了一辈子书,却看不透人心,我是个废物啊。"

张长矛说:"老师,不需要过于自责了,我们都只是一些庸常的蝼蚁,是森林里的蛆虫,大海里的虾米,化粪池里的一坨屎!但是我们可以把别人都当成NPC,这样至少我们就可以不那么为他人心烦了。"

那个男人若有所思地说:"你这个NPC说出这种话让我很意外呢!那么,你们这两个NPC来我这里是想干什么呢?"

"我们想找你的一个学生,叫刘隼,他不见了。"

"一个NPC的消失能引起另外两个NPC的注意,这是自由意志的体现吗?人类有救了,看来人类终将获得掌握自身命运的能力!"那个男人又一次举起了右手,食指转来转去,"那是我最差劲的学生,本来他是不可能毕业的,我都劝他退学去找个厂上班了。但是答辩那天他流着眼泪,他说只有充满激情的扭曲的爱情才是真的爱情,你不爱我我还爱你,你让我做狗我绝不做人,我无缘的爱人啊!人活着就应该追求永恒的激情,去燃烧自己的生命!我一直觉得这位同学没有文学上的天赋,但他的这番话却让我泪流满面,我当即就让他通过了!"

这种话真的是刘老板那个废柴能说出来的吗?人为了能毕业真的是什么话都能说出口啊!

"说得太对了,所以他在哪里你知道吗?"张长矛问。

那个男人指了指窗户说:"我不晓得啊,但是我知道他以前租的房子在哪里,也许你们可以去问一问他的室友。但我还是有句话要说,如果一个人决心主动消失,就不要去找他了;如果一个人不想活了,就不要强迫让他活下去;如果一个人觉得世界一点也不美好,就不要告诉他世界是美好的。Understand? 同学们!"

他还说:"如果你们真的能找到他,请告诉他,老师还是很欣赏他的,他并不是我最差劲的学生,老师也没有办法,老师只是活到文学里去了呀!"

我跟张长矛离开了学校,去往刘老板以前的住处。我问张长矛:"你们真的知道自己在说些什么吗?我根本听不懂啊。"

张长矛一脸不在乎地说:"我不知道啊,我每天就这样跟我的领导瞎哗哗,拯救了不知道多少领导的生命!"

"男人啊,到了中年是很恐怖的。"张长矛停下了脚步,"我以前的领导,韩先生,有一天我发现他在派出所里哭,那天只有我们两个人值班,四十岁的男人哭起来没有声音,肩膀一起一伏,据说是离婚了。到了凌晨三四点,有人跑来报案,说他儿子站在小区楼顶想自杀。韩先生擦了擦眼泪就去了,劝说无果,最后韩先生自己从楼上跳了下去,那小孩都看傻了,之后再也不想自杀了。"

"人应该趁年轻时早点自杀,还能有爸爸妈妈给你送葬。韩先生死后连个来拿骨灰的亲人都没有,他爸爸是不在了,但他儿子明明就在徐州啊。"

"唉。"我叹了口气,"也许是家庭关系不和睦吧。我妈就明确要求过我,以后不要给我父亲养老,因为他在外面还有一个家庭。"

张长矛说:"也不是,儿子住院,验血查出来韩先生的儿子不是他的,就是因为这个离婚的。"

很快我们就到了刘老板以前住的地方,居然是一个集装箱!想到我家旁边就有个集装箱,一三五那里是赌场,二四六那里是洗头房,礼拜天休息。集装箱很神奇,当代下水道,住满了蟑螂人。刘老板怎么会住在这种地方呢?难道这就是文学吗?

我敲了敲门,"开着的。"有个病怏怏的声音从里面传来,推开门,只有一张桌子,一把椅子,床都没有。一个男孩子躺在地上,裹着条毯子,我说:"朋友,你是刚毕业的大学生吗?"

他坐了起来说:"我是刚毕业的研究生。"

"真是太不幸了。"我说,"朋友你认识刘老板吗?"

"刘老板啊,那天我们聚会结束后他说想去天台上唱歌,去网吧玩《魔兽世界》,最后到云龙湖溜达一圈,啊，他人不见了吗？"

我靠近了点，发现那个男孩子在哭，我问："朋友，你为什么哭呢？"

他说："我失恋了。"

男人不行了，就知道哭。二〇一〇年后，我从来没见过女孩子哭，男人倒是整天哭唧唧的，包括我自己。

张长矛感慨了一句："还会哭就好，人还会哭那就有希望。"

"呜呜呜呜。"男孩子哭得更厉害了，"我以后再也不谈恋爱了。"

临走前张长矛对他说："朋友，相信爱情，不要相信人。"

随后我们去了云龙湖，毕竟不晓得那是个什么天台，又是个什么网吧。云龙湖是个特别大的湖，我们不晓得去什么地方，也许可以找到我们幻想中躺在草地上发呆的刘老板。

没有什么游客，天开始变得阴沉沉的，估计是要下暴雨。我们发现不少警车停在湖边，张长矛突然叫道："啊，畜生！"

一堆警察都转了过来，一个特别胖的领导模样的男人欣喜若狂地跳了过来，"小张，你怎么出现在这里啊？你走之后我都找不到人倾诉啦，我现在天天上网给女主播送钱啊。"

张长矛说只是来转转，问发生了什么事情。

领导说："挺复杂的，一个女孩被性侵，路过的一位市民把那畜生揍了一顿。我们现在找不到那个见义勇为的好市民啊！妈的，太爽了！那个畜生就应该死，虽然打人是不对的，但那真的是一个好人啊！唉，我们要把那个好人抓回来。为什么呢？因为那个畜生是王总的儿子，你们看新闻没有啊？什么女孩在街上被拖拽，没一个人停下脚步。现在的媒体，就喜欢夸大事实，不是有人见义勇为吗？妈的。"

在现场，我见到了刘老板的外套。刘老板是一个夏天都要穿外套的男人，他解释过，大体是不穿外套就没安全感，手不知道往哪里放。那件外套他穿了好多年，森马的，一个在二十一世纪头十年风靡苏北的牌子，后来就销声匿迹了。

"这么大还穿这种衣服，幼稚。"刘老板前女友对他的评价，令我印象深刻。

张长矛问："有人看到他去了哪里吗？"

领导表示，女孩说刘老板可能进入了云龙山隧道。我往那里看了看，没有光，一片漆黑。女孩还说，"那人挺奇怪，说自己是来寻死的，没想到遇到这种事情，然后他就不想死了。"

一个跑去自杀的人把一个坏人给弄了，我要赞美生活！

领导看了监控，实在是找不到刘老板去了哪里。我又打了刘老板的手机，能打通，并且我听到了那熟悉的铃声，诺基亚，找了半天我们在湖边一石头缝里发现了刘老板的诺基亚920。

领导说："这么多天还有电啊，这真的是诺基亚吗？比我的金立手机还厉害啊。"

"屏幕碎了，他一直跟我吹诺基亚屏幕不会碎呢。"我居然笑了出来。

笑着笑着我就开始哭了。

"来电记录居然就只有你一个，这个男人失踪了四天都没人想找他吗？"

"不晓得。"

"他没爸爸吗?"

"他爸被抓啦,上一次去探监还说刘老板是个废物呢。"

"他妈呢?"

"不晓得。"

"女朋友呢?"

"没有那种东西吧。"

下暴雨了,大家收工回家。我和张长矛坐上了警车,我让他们把我送回炸鸡店,领导问张长矛:"小张啊,你现在在干什么啊?"

"卖鸡排。"

"那真是太好了。"领导笑着说,"我挺喜欢吃鸡排,以前不吃这种东西,感觉是小孩子吃的。你知道吗?我最近都开始喝可乐了呢。"

车到路口,我让他们停下来,我走回去就可以了。"不管怎么说,寻找刘老板这件事还将继续下去的,毕竟他还欠我钱。"张长矛说。

我跟他们告别,先去附近的便利店买了瓶牛奶,累的时候，伤心的时候，不开心的时候，反正，糟糕的时候就应该喝牛奶。又过了好几天，警察找过我几次，也只是问些有的没的，在菜市场遇到过一次张长矛，他背着一大袋鸡排，我没去打扰他。

我就要离开徐州了，必须离开了。我跟同学聚会，去了炸鸡店对面新开的那个淮阳人家炒菜，有大白菜炒肉片，我点了，还行，但没我爷爷做的好吃，我爷爷不放酱油的，我讨厌酱油。

大家都喝了不少酒，喝完回忆大学四年。我发现我没什么好回忆的，想来想去还是刘老板的炸鸡店，毕竟这是我人生中的第一份工作。

喝了酒我也想些有的没的，中学时特别喜欢一首叫《卒业》的日文歌，高中生，处处被大人限制，毕业之后可以得到一些被安排好的自由。后来我也是个大人了，我还是会被别人限制，我也限制别人，这真是太不幸了。

吃完我回到了炸鸡店，第一次爬进储物箱里去，里面还挺大，有一只龙猫毛绒玩具，刘老板的初恋女友送给他的。我觉得女孩子送男孩子龙猫挺好，男孩子送女孩子就特别蠢了。我抱着龙猫睡了会儿，然后仔细想了想，很久没有刘老板的消息了，他大概是真的从这世上消失了。

此后，我也没再见过刘老板，只是每每想到刘老板，我就会感到温暖。如果再次遇到他，应该说些什么呢？

"祝你在尘世间获得幸福，我的朋友。"

续杯

被母亲发现和同事在阁楼上乱搞后,我的父亲就被赶出了家门。

他离开的时候很狼狈,只穿了一件衬衫,裤子还没来得及穿。在往外走的过程中,他总是频频回头,尴尬地笑着。好像在哀求,别让我走,别让我走。我妈手里拿着菜刀,眼神中没有丝毫犹豫。你给我滚吧,她没有说话,但她就是那个意思。

门外站着我的舅舅,我妈叫来的,他搞工程,也在外面乱搞,总有外地女人跑我们这里来要他负责,他概不负责,只是说:"我只爱我老婆一个。"舅妈听了就喜笑颜开。问她怎么想的,她说找回了恋爱时的感觉。

我爸就不会说这种鬼话,别人要他负责,他会说:"好的,我立马离婚和你结婚!"人家要城北的房子,他又左右为难,不想离了。

那天我爸站在家门口不想走,舅舅则拍着他的肩膀说:"没事的,过几天气就消了,先出去避避风头,女人都这样。"

他不想走,我妈往门外扔菜刀,他立马就跑了。

倒也不用特别担心我爸的去处,他在城南开了家书店,可以在那里待一阵子,那里有床,有厨房,他就和女人在那里乱搞。我父母离婚后我在那里住过几年,上下铺,我睡上铺,他们在下面。

就是没有厕所,这点挺要命。

他还是想回家。

他尝试了一切办法,均无功而返。我妈把门锁给换了,她甚至给窗户都装上了防盗网,我爸根本进不来。她还养了一条狗,半夜狗叫的时候,我们就知道他来了。

"你不用做得这么绝。"亲戚都这么劝我妈,"想想小孩,男人都这样。老赵在南京养了个女人,你以为我不知道吗？我有什么办法？"

我妈则指着自己身上的伤口说："被打的又不是你们。"

所有人就都不说话了。

我爸还是想回家。有一天我在上学，早操时间，我们可以短暂地离开教室，隔着操场的栏杆，我看到了我爸。

我有一阵子没见过他了，他还是那么狼狈，穿着同一件衣服，新买的西裤过于肥大，不太适合他。他向我招了招手，我走了过去，他说："儿子，想吃肯德基吗？"

我摇摇头。

我其实挺想吃的，但是我妈叮嘱过，"以后如果你爸又突然出现，带你去吃东西，你就拒绝，做人要有骨气。"

在和女同事搞上之前，我爸还在外面和别的女人搞，经常不回家，有的时候一周都不回家，最长记录是两个月，我们都不知道他去了哪里，但他会在我妈上班的时候突然出现，然后带我去吃点东西。

"这就算履行了父亲的责任了吗?"我妈讥讽道。

这让我害怕。

他们结婚十几年,自从那个女人跑我们家说"我想和刘主任过日子"后,家里的一切就都让我感到害怕了。我见到过我妈跪在地上求我爸别走,也见过我爸跪在地上认错,求别让他走。他们老是吵到半夜,然后我爸就会跑我房间来,我妈就会说:"你以为躲儿子这里就没事了吗?"我会被吵醒,然后哭泣,这时候他们会停止争吵,我又重新睡去。到了第二天早上,我妈往往不见踪影,而我爸大概率会在客厅里唱《爱与哀愁》。

这让我害怕。

隔着栏杆,我爸和我说:"儿子,我的钱包在西边小房间里,还有个笔记本电脑,你带给我好吗?"

我答应了,因为我想吃肯德基,我妈从来不会带我去吃肯德基,她只会说:"艰苦一阵子。"给我做点稀饭,里面飘着点自家地里的菜叶子。

有一年我生日,大概是九岁,我妈上班,我爸回家了,他问我:"儿子想吃什么?"我说我想吃全家桶,我没吃过那玩意儿,电视上老是看到广告,但我从来没吃过。我爸就出去买了，回家后他说："好贵啊，儿子，好贵啊。"那时候他的工资大概是一千块钱，大部分拿去给女人花了，我在学校门口的茶餐厅撞见过他们，吃牛排，我也没吃过那玩意儿，看得我直流口水。

我一个人把全家桶都吃了，二十一世纪初的全家桶，和后来的完全不一样，真的好吃，说真的。我也不知道为什么我那么能吃，也许大人说我是猪是真的。

晚上，凌晨一点多，我妈下班回家，她看到桌子上的全家桶，伸手去抓，摸出来一堆鸡骨头，她就坐在饭桌前哭到了天亮。这件事我一辈子都不会忘记。

"你是畜生吗？从来想不到我的。"第二天，她这么问我。

我能理解她，真的，我能理解，但这让我害怕，我同学的妈妈永远不会说这种话。

之后，她就老是说这样的话了。"我是你们家的奴隶吗？"做饭的时候，洗衣服的时候，她会说这样的话。后来我就学着自己做饭了，我不会，做得很难吃，连狗都不吃我做的饭。

那年的梅雨季来得比以前早，连续一周没有见过太阳，我们不出早操，也没再见到我爸。

但我没忘记肯德基的事情。

一个周末，我妈正好上班，我就捧着我爸的笔记本电脑，带着他的皮夹子出发了。邻居问我要去哪里，我说去找同学玩，然后她就给我妈打了电话，我猜的。那年头，一个小孩子出现在马路上，多少有点不正常，在家里做作业才是正常的。

邻居家儿子坐在院子里看着我笑，我们都叫他小阮，比我大十岁，初中毕业就出去混，进过传销组织，没了一条腿，回来后就每天坐院子里傻笑。小阮爱吃鱼，家门前臭水沟里的鱼基本上被他钓光了，那鱼到底能不能吃，大家没有定论，但小阮越来越傻，看来那鱼确实是不能吃的。

瘸子，爱吃鱼，没爹，脑子有问题，提到他，镇上人无非这几句话，顶多加一句"如果他老子还在，他应该不会这个样子"以及"不会的，都一样"。他老子叫老阮，在工地做小工，偷过钢材坐过牢，嫖娼时掐死了一个妓女，因为不肯和他接吻，就弄死了她，枪毙了。

刚下过雨，出村的道路是泥泞的，我走到村口时，裤腿上就已经沾满了泥巴。去市里只有一站公交车，半小时一次，告示上是这么写的，其实等待的时间更长。

"狗日的，有钱盖楼没钱修路。"一个男人摘起一片叶子，擦拭鞋子上的泥巴，"我告诉你，坐办公室的没一个好东西。"

他指着我手里的电脑问我："这很贵吧？我儿子一直想要一个。没钱，哈哈。"

那电脑确实很贵，我爸贷款买的。他用软件炒股，他觉得自己就快发财了，但每个月还贷的时候，我妈就会说："你和电脑过日子去吧。"

我运气不错，2路车很快就来了。我跳上车，缓缓驶离站台，我摸了摸自己的口袋，发现我没带钱，我爸的钱包里也没钱，司机问："你多高？"

我说："我不是小孩子。"

司机漫不经心地问："那你有钱吗？"

我没有，司机也没说什么，我就找了个位置，坐下，靠着窗户，沉沉地睡去。

当我醒来时，车已经到了底站，城区的公交总站，我抱着电脑下了车，立马上来了一个骑三轮车的老头，他问我:"去哪里啊?"

我说:"支河沿路,人民公园后面那条路。"

老头说:"哎呀,那里很远啊,不过看你是小孩子,我便宜点,八块钱好不好?"

我没说话,直接坐了上去。八块,我没有概念,多还是少,小孩子对钱是没有概念的,所以大人那些绝望的瞬间,我不太能理解,比如"艰苦一阵子",再比如"我是你们家奴隶啊"。

三轮车晃悠得很慢,老头问:"你一个人出来干嘛啊?"

我没有回答。

老头又问:"一看你就是有钱人家的孩子,你爸干嘛的?"

老实说,我也不知道我爸干啥的。

差不多半小时后,老头告诉我到了。我下车,面前是一家书店,我爸开的。门关着,我敲了敲门,没人应答,我试着拉了下门,并没有锁。从里面走出来一个女人,用一种很厌恶很不满的眼神看着我。我记得她,就是她来我家说"我想和刘主任过日子"。现在她如愿以偿了，但看起来她好像没有那么开心。接着，又出来一个小女孩，手里捧着作业本，对那个女人说："妈妈，我想去游乐园玩。"

我也想去游乐园玩，不过那要一块钱门票，可"一块钱挂面够吃两顿了"，他们都是这么说的。

然后我就听到了我爸的声音，他问："谁啊，谁来啦？"

女人哼了一声，不耐烦地说："你儿子。"

说罢就拉着她女儿的手出去了，她边走边说："又来了，反正我什么都不是。"小女孩叫着，"妈妈你弄疼我啦。"女人没理她，死死抓着她的手，往前拖着。

我确定我妈做过同样的事情，我爸第一次被发现在阁楼上跟同事乱搞，她就想带着我离家出走了。

那个骑三轮的老头走上前，笑着说："老板娘，你儿子坐我车，八块钱。"

女人瞪了他一眼："儿你个头。"

老头很无奈，转过身来，往我这边走。我爸从房内出来了，他看到我，愣住了，然后笑着说："儿子，你怎么来了？"

看来他是不记得肯德基的事情了，没啥，大人都这样，大人都是骗子，总是不记得自己说过的话。我把电脑递给他，他说："我让你送了吗？我不记得了。"

我不大敢和我爸说话，一直都是如此，怎么说，父亲是个让人害怕的东西。

我爸问我："你怎么来的？走路的吗？那也太远了。"

有一阵子没见，他还是那么狼狈，依然穿着那件旧衬衫，还有不合身的西裤。

骑三轮车的老头站在门外，喊道："诶，老板，八块钱！"

我爸不说话了。他脸色一下子就不好了，他很不耐烦地问："这么贵？"

老头说："老板啊，我和你儿子说好的啊！再说了，那么远，混口饭吃不容易的！"

我爸又开始问我："你和他说好了？你和他说好了？你不知道八块钱有多少吗？他说多少你就答应？"

我低着头，不说话。能说什么呢？

他开始叹气，最后从抽屉里拿出八块硬币，扔在地上，老头笑着从地上捡起硬币，骑着三轮车走了。

我只是低着头，不说话。我爸一直在叹气，过了很久，他似乎平静了下来，用一种很柔和的语气问："你妈还好吗？"

我点点头，他转过头来，看着我，我又点了点头。

"男孩子，开朗点。"他说。

店里的电话响了，我爸接了。我听得出那头的声音，是那个女人，我听不清她在说些什么，只是我爸的语气变得激烈，他说："你要我怎么办？我没儿子咯？"他把电话摔在柜台上，玻璃柜台里是一堆文具，沾满了灰尘，想必很久没有人来买了，有些签字笔已经坏了，墨水漏了出来。

我爸一只手扶着柜台，一个人站了好久，嘴里不停地说着："过你妈的日子。"

太阳即将下山，门前的路还算繁华，卖煎饼的骑着三轮往公园去，那时有很多卖煎饼的，三轮车上架着两口炉子，在整个城市跑来跑去，傍晚出来，深夜回家，饼加蛋，两块钱，一根肉串五毛钱。

我爸偶尔会带我去吃，加料加到十块，在他偶尔回家的时候。

他看了看钟,说:"回家吧,你妈也快下班了,让她知道的话,你又要挨揍了。"

把我送到门口,叫了一辆三轮车,我正要上车,"儿子。"他叫了声,我转过身去,他抱了抱我。

他从来没有抱过我,那是唯一的一次。

然后他说:"我们去吃点东西吧。"

不远处是夜市,有很多吃饭的地方。他问我想吃啥,我说想吃肯德基,他无奈地说:"爸爸最近没钱。"

最后他决定带我去附近的德克士,他走在前面,我跟在后面。他问:"家里狗还好吗?"我说:"以前那只死了,妈又去别人家弄了一只回来。"

他说:"对的,你妈又养了一只,专门对付我的,我忘了。"

他接着说道:"没有你之前,我和你妈就养狗,但都活不长。其实我喜欢猫,小时候养过一只猫,它出去玩,回来时已经奄奄一息了,眼睛被人挖了,我看着它死掉的,它就埋在奶奶家那边的空地上。"

到了德克士,我点了份鸡排,以及一杯可乐,我爸说他不饿。我们在靠近门口的座位坐下。人很少。

我狼吞虎咽，我爸就坐在我对面，双手抱拳，撑着自己的下巴，一言不发。

吃着吃着，他突然说了一句："儿子，我今天四十岁了。"眼神中带着一丝失落，他没有看我，而是看着四周，又像什么都没看着，他缓缓地说："其实是三十九，也没什么区别。"

我的鸡排还剩最后一块，我漫不经心地，听着他漫不经心地说着："明天我要去医院，查一查肝，你爷爷就是得肝病死的，我很小的时候他就死了。"

接着，他问我："儿子，你生日什么时候？"

我想了会儿，"已经过了吧。"

他哦了声，"明年吧，你喜欢看书吗？"

我点点头，"还行，喜欢看小说，玄幻武侠什么的。"

他很严肃地说："那种书还是少看点。"

转眼他又摆了摆手说："喜欢读书总是好的，我小时候就喜欢读书，家里老是吵架，我就带本书去你妈那里看，一看就是一天。你妈挺好的，他们一家人都对我挺好的。"

我笑了，我说："妈妈说你就是书读多了，读傻了。"

我爸抬起手，指着桌子说："她也不看看……"最终没有说下去。

他见我吃完了鸡排，便抹了抹自己的脸，伸了个懒腰，问我："还要吗？"

我高兴地点了点头，他掏出十块钱给我，我接过钱的那一刻他用另外一只手摸着我的头说："儿子啊，男孩子，开朗点。"

我起身，往柜台走去。走到一半，我又折返回来，拿起已经见底的可乐杯。

一转身，我看到我妈，站在门外，她望着这边，捂着嘴，眼泪流了出来。

闭嘴

生日之前我决定辞职，在一家情感类媒体干了两年，每天翻来覆去写我那不存在的爱情故事，读者看哭了，我也写吐了。公司还有另外几个年轻小伙子和我一样，感情经历不怎么丰富，其中一个还是处男。我们笔耕不辍，创造了一个又一个脍炙人口的爱情故事，每天看哭好几十万读者。

托我们的福，主编接广告赚得盆满钵满，还娶了煤老板的女儿，她是我们忠实的读者，在马尔代夫办的婚礼，开迈巴赫上班。他们养的狗，一只泰迪，平时喝巴黎水，一瓶顶我一顿午饭。

他们办婚礼的时候，我还在公司加班写爱情故事。

我记得那篇，讲一个穷小子通过写爱情文学娶到煤老板女儿走上人生巅峰的故事，发出去反响不错。

那天中午我在吃沙县，土豆肉丝盖浇饭，十二块钱。我爱沙县，很适合我们这种废物，然后我就看到有个读者回复："喜欢这个故事，主人公虽然没钱，但是有上进心，男人最重要的就是有上进心。"

接着我就看到主编回复："能认识一下吗？"

结婚了也不忘记撩女读者，主编是这样的，在男女事上很有上进心。

有一天我不想吃沙县了，想吃好一点。我就问主编能不能加工资，主编说："不要问公司能为你做什么，多问问你能为公司做什么。"这个回答，我竟无言以对。

想来想去我也只能给公司做狗了，但想到他的狗吃得都比我好，一气之下我就提交了辞职报告。

辞完职不知道干什么，家里躺。我的父亲很生气，他是一个老派的人，厂里呆了一辈子，主动辞职这种事情，连想都不敢想，他对我说："现在工作不好找，你这个年纪的年轻人，还是应该有一份稳定的工作，钱多钱少不是问题，主要是积累经验。"

接着他给我指了一条明路，我以为是考公务员，没想到是去卖肥皂，不知道他从哪里搞了一款硫磺肥皂，名叫"爱情码头"。他觉得这玩意儿有市场，希望我能帮他把那些肥皂卖出去。"给你十个点的提成。"他说。

他还给我做了个演示，肥皂抹在脸上，水冲一下，"痘痘就没有啦!"

谁会相信一个中年男人做的护肤品广告呢？没有的吧。

他总是做这种事情，找到一个奇怪的东西，就觉得这玩意儿有市场，投入感情和热忱，然后失败。

比如二〇一〇年代初，电厂倒闭，失业的他问周围人借了十万，又瞒着我们撸了十万贷款，去安徽黄山盘了一家茶餐厅，两个月就完蛋了。

我是不会忘记这件事的。

那是夏天，我们开了一整天的车——他那因肺癌死去的好哥们（他这辈子唯一的好哥们）留给他的破烂雪铁龙，开了得有十几年了，周身布满五颜六色的胶布，就像刚从战场回来似的。

一路上我爹非常兴奋，喋喋不休地说着市场、前景、未来,"搞点酱牛肉卖。"他说。看得出来,他觉得自己就要发财了,我只担心那车会不会抛锚。

临行前,我爹特地买了双新皮鞋,三百块钱,犹犹豫豫,最后是我妈掏的钱。虽然他们已离婚多年,但我妈见不得前夫受穷,为什么?估计还爱他吧,不知道,不重要。

我爹不抽烟,但他还是买了几包中华带着,"撑场面用。"他没穿过西装,向人借了一套,穿上后,松松垮垮,一点也不合身。他问我:"不错吧,像不像商务人士?"我无话可说。

到了黄山,爹把那辆破车停得很远,茶餐厅那段路,我们是走过去的。在董事长办公室——就是个带马桶的卧室,他变得异常安静,只是在老板说"这里地段非常好"的时候点一点头,或者说"你来做这个肯定不亏"的时候腼腆地笑一笑。

店里人很多,非常热闹。"都是游客吧?"我爹问。老板说:"不不不,都是本地人,我们不受旅游业影响的。"他还热情地向我们推荐新菜品——水晶驴鞭,"如果你想继续做,我把渠道介绍给你。"

我不清楚这两个人是怎么认识的,但我爸好像真的很信任他。有那么一瞬间,我在我爸的眼中看到了久违的欣喜和希望,或者别的什么东西,那眼神我只在二十一世纪初见过。

大概是二〇〇二年,我爹每周都去市里租碟片,他的梦想是开一家音像店,当时,是个人都在开音像店。我爹带回家的第一张碟片是《侏罗纪公园》,他的工友们周末会来我家里看电影,他们通过电影了解这个世界。"纽约,人类的首都。"他们说过,"美国人没文化!"他们也会这样说。当然,他们谈论最多的还是:"不如我们搞个音像店吧!"

都过去了。反正就是那种眼神。二〇一二年之后,在这个世界上,你就见不到那种眼神了。

我再一次见到那种眼神,是在这家破烂茶餐厅里。"我要睡在店里。"我爹坚定地说。他每天亲自去采购,甚至想把生意做到隔壁职业技术学院里去,"我做过调研,学生抱怨食堂不好吃,但学校不允许点外卖,要死的学校。"

有一段时间他一直念叨找不到好的厨师,我问他什么是好厨师,他说:"对美食有敬畏的人。"有一段时间他也一直埋怨前台不好好工作,"就知道和厨师谈恋爱。"我说上班不谈恋爱干嘛呢?他说我对上班没有敬畏。

一个月后,他告诉我们,他可能被骗了,一切都是假的,客流量都是托,之前的老板也跑路了。"礼拜六晚上,一个人都没有,一个都没有。"

当时我在炸鸡店兼职,我没有说什么,这不是明摆着的事嘛!我这么想着,告诉他学费可以给我了,学校催得紧。他就不说话了。

再后来,我老是接到催收电话,他们自称金融从业者,开口都是:"请问刘林海是你父亲吗?"我总回答:"不是,你们找错人了。"

我们找到过茶餐厅的老板,想要个说法,他说老婆得了癌症,这件事也就不了了之。

这不是一件多么值得悲伤的事情,生活中让人更痛苦的事情多了去了。况且,哪个正常人会跑那么远去盘一家茶餐厅呢!从那以后,一有人跟我说想发财,或者我自己想发财，我就会想到茶餐厅。它时刻提醒我，好事情是不会发生的。

在很长一段时间里，提起创业，我首先想到的都是开一家餐饮店，鸡排店、沙县小吃或者别的什么，低成本，快速，并且难吃。服务于类似南京安德门的打工老哥们，以及没什么钱的穷学生。

因为我们这种畜生没得选，除了餐饮创业还能干嘛呢？

实不相瞒，我做过几年餐饮策划，做策划的时候，我的客户总是突然消失，就像有个黑洞，悄无声息地吸收餐饮人。其实这很好理解，我曾经问公司附近卖叉烧饭的老板，一年租金是多少？他说十八万。一份叉烧饭二十块，他要卖多少才能够租金水电费呢？没等我得到答案，他就跳楼了。

也有兴趣使然的餐饮人，我曾经的客户白龙根，是个有钱人，开了家高级西餐厅。问他为什么选择做餐饮，他说他喜欢在厨房自慰，把精液涂在澳洲牛排上，涂在法式鹅肝上，然后看着外面那些光鲜亮丽的畜生吃下去，这让他很开心。我不确定他是胡说八道，还是真有其事。我觉得他早晚也得完蛋。

白龙根他没妈，他爹做小工的，在一次搬运钢材的日常作业中，脑袋被钢板劈成了两半，可怜的老白，搬一次钢板才一百块钱。那年白龙根十六岁。这件事被他写进了员工手册里，教导员工，多为老板着想，老板给你发的每一分工资都来之不易。

白龙根是如何发财的，已不可考，据说是被苏南日立电梯总代姜近东认作了干儿子。我见过一次姜近东，六十多岁的老东西了，我去的时候白龙根和他在聊天，他们谈到一个工人在装电梯的时候踩空从二十八楼掉了下去，还有照片，那是个二百斤的胖子，都裂开了，像西瓜。

姜近东凝视照片许久，"他的脑浆呢？"

白龙根说："应该是被狗吃掉了。"

姜近东说："不错，得这样，脑瓜子不想着好好工作，每天尽想这些事情。肯定是骗钱的，老婆孩子来哭他妈呢！我跟你说我最有经验了，这些穷崽子都这样。"

白龙根说："没爹的孩子很可怜的。"

姜近东看了他一眼："说过多少遍了，我就是你爸。"

半年后，姜近东去世，据说是死于心肌梗塞，但我们都猜测，他是死在床上的，就这么回事。从此白龙根自由了，他整天呆在他的高级西餐厅里，不停地自慰。这个世界就是个屠宰场，经历过这一切，没有人是正常的了，不管是胜利者还是失败者。

白龙根对我说的最后一句话是："小刘啊，不要想着开店了，有空买点彩票吧。"

那段时间我一直在买彩票，这个习惯是和我父亲学的。我的父亲，买了一辈子彩票，在一次醉酒后，告诉我，人这一生就是什么好事都不会发生的。对此我深信不疑。然而清醒后，他又开始笃信个人行动的作用，比如一直买彩票，买一辈子彩票。

辞职那天，我照例去楼下便利店买了张刮刮乐，没有中奖。老板娘说："再接再厉哦！"说出来可能有点羞耻，我坚持买彩票和老板娘也有一定的关系，她实在是太温柔了，我想叫她一声妈妈，跪在地上叫。

高考之后就没人鼓励过我了，没人笑着对我说出那些温暖的话语。

老板娘说过她老公在华为上班，她儿子在清华读书。

我恨华为，因为我妈总说她同事儿子在华为上班，月入五万，我问他什么时候猝死，她说我心理不健康。我恨清华，恨很多人，但恨来恨去，最恨的还是自己。

买完彩票，我骑上电动车离开了呆了三年的公司。没有人挽留我，除了公司的泰迪，它还跟了我一阵子。

在江州东路，我被交警拦了下来。他问我："你的头盔呢？平时不上网吗？铺天盖地的宣传不知道吗？"我说头太大了，没有买到合适的头盔。我没有撒谎，确实是这样的。交警让我站好，给我拍了照片，他说一次警告，二次罚站三十分钟，下个月开始就要罚款了。

那是晚上十点，一群中年男人，在公路旁边罚站。有个人问能不能让他走，他送货要迟到了，答案是不能。还有人问能不能抽烟，答案是不能，笑死我了。我觉得这个场景很魔幻，让我想到一件和这事没有任何关系的往事，就是莫名地想到它了。

很多年前的一个周末，我妈去学校接我，骑着她的金鸟摩托车，那是我爸送她的生日礼物，其实是年会抽奖抽到的，他就给了我妈。"以后接送孩子上下学快一点。""你不能接吗？你上白班，我三班，我哪有时间？"他们就吵了起来。

那车出过两次车祸，其中一次是我妈骑着车想撞死我爸，没有成功，还是那车不行。它破破烂烂的，速度很慢，噪音很大，跟拖拉机似的，后面还拖着长长的尾气。能指望靠这东西搞暗杀吗？老远就被发现了。

当我老远就听到"突突突突突突突"声的时候，所有人都知道是我妈来接我了，有人就会说："小刘你妈来接你了。"

我又不是弱智，我能不知道我妈来接我吗？因此，每当我妈出现在学校门口时，我的心情就会很差，我就不想说话。

那天我妈照例问了我一些学习上的事情，我记不住化学公式，被老师骂了，老师问："你还想不想上高中啊？"

实不相瞒，我根本不知道有中考这玩意儿，我也不知道有一半人会没有高中上。我只觉得这些突然冒出来的东西很烦，为什么我们不能上课看点闲书，下课打打游戏呢！

听完我的抱怨，我妈开始说些"不要让我丢脸""你要争气""别人都看不起我们家"这样的话。我很烦，要我看，我们周围全都是畜生，比如因为我爹小名叫小江就在我家后面挖了一处粪坑的邻居。粪坑，苏北方言是"死江"，很畜生吧！被畜生看不起有什么问题吗？

我们行驶到冀江路十字路口的时候，被交警拦了下来。我认识带队的人，我一个同学的爸爸，那个同学很有钱，他帮我们班女生充值劲舞团，有好多女朋友，他还喜欢给老师塞购物卡，国旗下讲话总是他上场，我讨厌他，关键他成绩还很好，怎么会有这种人！

想到这些我就很难过，十几岁的时候是这样的，你会突然难过起来，并且没有人能帮你，不知道怎么办，你只能怪罪自己。

带队的人，拔掉了摩托车的钥匙，示意我们下车。他说："这种车不能上路了！环保要求，你们不知道吗？铺天盖地的宣传你们没看到嘛！"

现在想起来，他为什么不去做外交部发言人呢？那语气就像他的儿子问我："你都没去过北京吗？"语气简直一模一样。

没有，我最远没离开过苏北。

我太烦了，我就跑了。留我妈在原地，估计她哭了，我不知道，我管不了那么多了。我必须逃跑，那是一种潮流，势不可挡。

当时我最好的哥们，李俊，一个整天待在网吧玩《魔兽世界》的废物，在某节英语课上毫无征兆地吼了一声，起身跑了出去，从此就变成了失踪人口。他的行为也引领了一个又一个学生毫无征兆地从教室跑出去，有人成功了，有人被抓了回来。

我理解他们，真的，我理解他们，这个世界太荒谬。

我是走路回家的，我也想过去别的地方，不过除了回家我还能去哪里呢？青春期最大的悲伤就是除了家没别的地方去，二十世纪是这样的，二十一世纪同样如此。

回到家，我妈坐在沙发上哭，她说："我觉得别人都看不起我们家。"

又来了,天呐。

她说:"你不觉得大家都在欺负我吗?"

我说没有,没有,交警执法,规定嘛,这有什么。

当时我是真的这么想,我妈没有再说话,她擦了擦眼泪,去做晚饭了。

大白菜粉丝豆腐泡煮的汤,一根火腿肠,总是吃这些玩意儿。长大后,我最讨厌的菜就是大白菜,看到就反胃。

吃饭的时候我妈又问了我一些学习上的事情,我告诉她,我数学又不及格。看得出来她很失望的样子,她用筷子扔我,拿碗砸我,直到桌子上没有任何东西可以用,她开始哭泣,我也哭了。她也只能这样了,我也只能这样了。

我妈和我爸离婚有一阵子了,她尝试过开始新的恋爱,我也见过那些男人,他们都没有稳定的工作,他们只会往床上一躺,说:"今天不想吃白菜豆腐泡了。"

平时我住在我爸那里,一间建在公共厕所旁边的小屋子,没有卫生间,没有厨房,不过好在旁边是公厕,夏天我能在那里接一条水管洗澡。

每到周末，我妈就会骑着她破烂的摩托车去学校接我，她觉得她有义务督促我的学习，每周一次。

意识到自己的愚蠢是成年之后了，二十三岁那年，我拿到了人生中的第一份工资，两千七百块钱。我告诉了我妈，她很开心，发了朋友圈，说儿子终于有用了。

我觉得她有病。

她说她在给人擦地板，一次一百块钱。我让她不要做了，她没有理我，自顾自说着，有个姐妹一不小心把主家摆在桌子上的玉打碎了，赔了好几千，"我们一起赔的，这个礼拜白干啦！""她老公生病，儿子在读书，老公人都要没了。""她就哭啊，哭啊，我们说不要哭，我们帮你赔。"

我妈眉飞色舞，在小镇，悲伤的事情总是以欢快的形式出现，不管是贫穷，还是死亡。

小时候也见过我妈这样，她刺杀我爸失败的那个下午，摩托车报废了，她的左手被折断，她坐在院子里，和邻居哭诉。

"我和刘林海吵了好多年了！"她说，"周围人没有一个知道的，没有一个，都以为我们感情很好!"

说这话时，我觉得她很骄傲。

有一天我把这些故事讲给白龙根听，那是一场方案会议，聊到一半有人开始说最近过得有多不好，然后所有人都开始说自己遇到的破烂事情了。

基金股票，老婆出轨，儿子考试不及格，小区保安居然敢指着业主鼻子让他闭嘴，送外卖的居然敢迟到十分钟，反正就那些事情。

我就说了这件事，"我妈有个姐妹，做家政的时候不小心把一块玉打碎了，她们一个礼拜白干了。"

说完，白龙根沉默了，姜近东却说："怎么？弄坏东西不要赔吗？"

那一刻，我意识到了自己的愚蠢。

反正就是这么一回事，没什么关系。

我还想到了我爸，交警把我放走后我去拿了个快递，是一部三星手机，回家路上我很激动，拆完快递我却觉得索然无味。

大学毕业后我的经济状况一直不怎么样，搞点钱我全买手机了，买了卖，卖了买，我想杀了我自己。

为什么呢？

可能是因为高考结束那天，我爸问我想不想要手机，我说想。然后我们就去了手机卖场，一路上他总说些不着边际的话，比如"其实可以在网上买的，现在互联网很发达了。"再比如"儿子真的长大了"。

整个高三我都住在我妈那里，我得有一年没见过我爸，不知道他去了哪里。厂里的工作也没了，我们找不到他。再一次见到他是高考结束的下午，他开着破烂雪铁龙来接我。我问："你什么时候有的车？"

他说："你陈益民叔叔留给我的。"

陈益民，我爸的好哥们，这辈子唯一的好哥们，他们曾在同一个车间焊钢板，下工后一起躺着看美国电影，他爱马丁·斯科塞斯，我爹爱斯皮尔伯格，他说我爹没文化，我爹说他工人没工人的样子，工人就该看美国大片。

从我记事起，每次见到陈益民他都在抽烟，一边抽烟一边告诫我："小孩子不要学大人抽烟啦，会死的。"

他有个女儿，十岁生日时想要钢琴，工人买不起钢琴，就和我爸抱怨："现在的小孩子真的，想一出是一出。学钢琴干嘛，以后不还是数理化，高考，考考考。"但他还是去搞到了，说女儿父亲节送他一张一百分的数学试卷，他很开心。

过完父亲节没多久他就确诊肺癌，得知此事的我们毫不意外，他一天能抽四包烟，我们都觉得他迟早死于抽烟。

确诊后陈益民撑了两年，后期放弃治疗，说留点钱给女儿以后结婚用。家人不同意，他就自己跑出去等死，找了家中医养生馆，每天喝喝茶，看看电影，看马丁·斯科塞斯，"陈先生走之前，一直循环播放《愤怒的公牛》。"医生是这么说的。

葬礼一切从简，只有少数亲友。葬礼我父亲去了，是全场哭得最厉害的人。

父亲没有问我考得好不好，而是问我想不想要手机，我说想。我们去了手机卖场，他说："随便挑。"

我以为他发财了。

我看了很久，那是我第一次去那样的商场，我不知道怎么做是正确的，我也不懂手机的好坏，导购向我推荐了一款，三星9103。

我说行吧行吧，就这个吧，快结束吧，这一切，求求了。

我爸问能不能刷卡，他掏出了信用卡，刷了几次都显示失败。

导购问："现金？"

我爸没有回答。

他站在柜台前，一言不发，直到我转身离开，他才垂着头，跟着我离开。

第二天，我们收到一堆账单和催债通知。

我一年没见他了，他老了，我不知道他去了哪里，不知道他做了什么。

我妈帮他把债还了，虽然他们已经离婚多年，但她见不得前夫受穷，可能是因为她还爱着他。不知道，不重要。

我爸决定借钱去盘一家茶餐厅，"我觉得我就要发财了。"他说。

这当然是不可能的事情。

脂溢性皮炎俱乐部

我人生中的第一份正式工作是在一家互联网公司炸鸡排，月薪两千五，帮交保险。

对我这样一个什么都不会做的废物来说，这真是非常幸运的一件事情了。我曾经很认真地想过自己将来可以做什么，虽然平时一副这辈子就这样了什么都没有意义对一切都不怎么在乎的样子，但在那样一个大家都在焦虑未来——今天班长拿到世界五百强 offer 明天小王回家继承父亲的遗产后天班上就你一个人没交三方协议的情况下，我偶尔还是会想想这个问题的，当然得出的结论是我什么都做不了啦！

离校之前我还在思考这个问题，大家都走得差不多了，宿舍里只剩下我和张喵喵两个无处可去的人，打着游戏，虚度光阴，等待着学校赶我们走的那一天，回家或者去跳云龙湖，没有人知道未来是什么样子的。

打完一局，张喵喵蜷缩在椅子上哭了起来，我走上前去抚着他的肩膀说："你哭什么啊？是因为刚才被骂了吗？讲道理，他们一选美杜莎，二手剑圣，三手小鱼人，你rua比克玩得再好也没用呀！"

张喵喵擦了擦眼泪说："我不是因为这个哭，我是在为爱情流眼泪啊，我男朋友把我甩啦！本来说好毕业后去北京找他，现在我应该去哪里啊？我都跟家里说我找到工作了，毕业就不回家了，呜呜呜呜呜。"

说罢张喵喵号啕大哭起来，哭声惊动了隔壁宿舍，"吵死了，我们明天还要考自动控制理论呢。"

我认识那人，学生会的，学生会除了不会学习什么都会，我跟他讲："自动控制还要复习，我要是你早就去自杀了，你还活着干什么！"作为一个自控重修了三次，最后清考还没有过的废物，我不知道哪来的勇气说出这样的话。那家伙听完后，想说些什么，又什么都没说出口，支支吾吾了一会儿转身跑了。

学生会的人都这样子，平时跟领导一样，原因不明。

我继续跟张喵喵说："男人没一个好东西！"

他点头表示赞同，我又说："北京是个垃圾城市，那里的感情不值钱。"

我讲了我的朋友，宜兴男孩王大为了爱情辞去小镇的工作跑北京去第一天就被甩掉的故事。

六月初一个燥热的夜晚，我站在云龙湖边，准备往下跳的时候接到了宜兴男孩王大的电话，"面试问我这么大年纪了来北京干嘛？二十六岁算年纪大吗？啊，算的吧，我们项目组主任才二十三岁，每天开兰博基尼上班。我不知道说什么，也不知道我来干嘛，那哥们说有女朋友在这里吗？我没有回答。那哥们又问是不是被甩了，我仍然没有回答，最后他拍拍我的肩膀说朋友，这种情况我们公司有好几个呢。"

听完他的故事我就不想跳了，看到有人比我惨就给了我活下去的信心。我对他说："回宜兴吧，我喜欢的第一个女孩就是宜兴人，我初中时的同桌，后来她回宜兴读高中了，我再也没见到过她。高一暑假我一个人去宜兴，想找她来着，结果上错了车，跑常州去了。"

电话那头传来一阵疲惫的声音："宜兴发洪水，我也没钱了，回不去了。"

此事对我影响颇深，"回南通吧，我的朋友，小镇男孩最后都是要回小镇的，在大城市你能得到的只有眼泪和伤痛。"我对张喵喵说，"爱情是不存在的，有的只是永恒的欲望。这么认真干什么呢？互相收割一次算了。"

总是失恋的我向张喵喵传授了一些人生经验，我们需要这样的人生经验，以便再次遇到这种事情时不会那么悲痛。

我刚说完隔壁那"学生会"又来了，还带着楼长。我们的楼长，一个五十多岁满头白发会半夜一个人站在楼道里拉小提琴的男人。他把我带到了宿管室，问我抽不抽烟，我连连摆手说不抽不抽。他说："没出息，男人怎么能不抽烟呢！"然后自己点了一根抽了起来，抽一口说一句："你们毕业生不要伤害学弟学妹们嘛，他们很脆弱的。你们也是这么过来的，影响人家复习，挂科怎么办呢？大家将心比心。"

他又问："你找到工作没有？到现在还没走，应该是没找到吧。我们学校毕业生就业率98%，这不是扯淡嘛。我上周还帮一个毕业生搞了三方协议的盖章，说不交这个就不给发学位证。他妈的，你校完了呀。"

"不过话说回来，怎么样都是能活下去的。我家门口超市理货员一个月还三千块呢！现在的年轻人啊好高骛远好吃懒做眼高手低，什么都不肯干。我高中毕业就进厂了，做水电工，一开始我很害怕，什么都不会，又笨手笨脚的，怎么办呢？带我的师傅，胡鑫泉，他是个淮安人，我这辈子都不会忘记他。胡师傅对我说不要怕，新员工我们都是当孩子来看的。他手把手教我，带着我走南闯北做项目，可以说是我第二个父亲了。一九九八年夏天，全市大停电，我们加班加点抢修，我太累了，干了十几个小时，真的没办法了，想睡觉呀，胡师傅说你睡吧，有我呢。我就靠着电线杆子睡着了。醒过来已经是第二天早上了，他们告诉我胡师傅没了，我不停地问怎么没的呀？怎么没的呀？没有人回答我。我跑第二医院去，找啊找啊找啊，最后在一个小房间里见到了胡师傅的尸体，没有人在他身边，他就一个人静静地躺着。外面很嘈杂，走来走去的患者、医生、护士，小孩的哭闹，但我觉得，那个小房间，很安静。"

说到这里，楼长停了下来，又点了一根烟，"后来才知道是变压器爆炸了。变压器一般不会出问题的，怎么就出问题了呢！安全是最重要的，你知道吧，你是学电气工程的，这个你要记得。当然了，你以后也不一定干这一行，现在的年轻人是不愿意做这个的吧。我在电厂呆了快三十年，前年我儿子大学毕业，说找不到工作。我说儿子啊，不然你就来我们厂吧，说完我又说了句，我们把你送进大学，也不希望你和我们一样做个工人。后来他跑广东去了，那么远，不知道做什么，也不跟家里联系。他的同学不是出国就是家里有安排，爸爸没用啊，也不能怪他。高考时很刻苦了，分数在二本线上，有什么办法呢！我们也只想他混个毕业证嘛，就让他读了个国际班，学费贵点，他不喜欢那个专业，我们也知道，有什么办法呢！"

我说："我读的三本啊，学费也不低，我爸妈都是电厂的工人。"

楼长说："那你对不起他们。几年前，我们厂被政府卖给了一个荷兰人，要改革，搞什么新能源。我们老员工就都下岗了，我托关系跑这里当了个楼长。我蛮喜欢和你们年轻人在一起的，有活力，不像我们，该死了。"

抽完手里的烟，楼长说："年轻人不要欺负年轻人，你回去吧。"

我离开了宿管室，身后响起了小提琴的声音，《梁祝》，这个楼长好像只会拉这一首，拉得也不好听，大概是刚开始学没多久吧，或者是重拾年轻时的爱好。这让我想到我爹，我妈总是说他年轻时什么都会，画画，拉手风琴，"你不知道，你爸年轻时就背着个画板去我家找我，吹口琴给我听，怎么一结婚这些东西就都不搞了，只知道打牌。"

我也拥有过口琴，但是我太蠢了，学不会。我的父亲总是频繁拿走我的口琴，想找回青春的感觉，可是都失败了。他连游戏都玩不了，"玩一会儿就头晕，"小时候都是他带着我打《红色警戒》《抢滩登陆战》。衰老这件事真是可怕。

与楼长交流完，回到宿舍，张喵喵已经睡着了。我躺在床上想，将来我能做什么，我什么都做不了，我是一条怯懦的蛆，连苍蝇都变不成。睡不着，在床上打滚，床太小了，一不小心滚了下去，把张喵喵吵醒了。他说："你怎么还不睡啊？"

我说："我睡不着，你说我们以后能做什么啊？"

张喵喵说："我们这个专业工作还是很好找的吧。你看看别人嘛，王浩不是在什么跨国公司写代码嘛，陈浩不是说进国信电厂了，我们将来可以进入电力系统工作的嘛。"

这是我们最后一次对话。离校四个月后的某一天，张喵喵在宿舍QQ群里说自己已经六十天没放过假了，每天跟着他爸装电灯泡，不活了，想辞职。不过没人理他。那天我像往常一样在南京的出租屋里睡到十二点，我告诉自己，"你这个爬虫，人家早就起来做事了。"

这句话是另外一个小镇男孩对我说的，一个山东男孩，名字忘了。我和他相识于一个主播粉丝群，有一天他突然骂我傻×！爬虫！我睡到十二点醒过来才看到，凌晨四点钟骂的，我说滚你妈！他说："爬虫睡到现在才醒吗？人家早就起来做事了。"

他说这话我很伤心，小镇男孩为什么要互相伤害呢？我们活着已经很艰难了。我将楼长的道理讲给他听，并且给他发了几部电影资源，可是他不讲道理，接收文件之后把我拉黑了。为什么他会这样？大概是心情不好。我心情不好时也喜欢骂人。本来还想着等他心情好了找他聊聊，没想到他那么快就死了，世事难料。

我也不真的是个爬虫，我也有工作。毕业后，我断断续续换了几份奇怪的工作，写文案，给宠物剃毛……我是个没有文字天分的人，文案写不出来，有个客户让我写个外星人流落地球的故事，"为我们这个雨恒太阳能热水器做宣传，不动声色地将它融入到故事里去知道吗？"我写不出来，外星人拿这个干嘛？想不明白，我就辞职了，在出租屋里待了好一阵子。告诉自己是个无可救药的爬虫后我起床，吃了片在家乐福抢到的七块钱三十多片的过期面包，那时候我挺爱家乐福的，卖不出去的东西晚上八九点都会打折，青菜一捆一块钱，烤鸭十块钱两份，面包三块七一条。我总是晚上跑家乐福去和大爷大妈抢打折食品，南京的大爷大妈都蛮友好，有一次我在挑韭菜，反正都是一块钱，我随便拿了捆就要走，一个大妈指着另外一捆韭菜对我说："你这个不好，太老了，拿这个，嫩啊，炒蛋做汤都是很好的。"

吃完面包我就打开电脑开始打 DOTA 了，不想洗脸刷牙，反正也不出去见人。以前的宿舍 QQ 群里有几条未读消息：

"你们最近在干嘛呀？"

"上班啊，还能干嘛。"

"我每天跟着师傅装灯泡，我已经六十多天没放过假了，我要辞职。"

"辞吧，我早就辞了，现在待在家里。"

"今年过年早，待家里挺好的。"

"王浩在干嘛？"

"做微商吧，没看他朋友圈卖鞋子吗？"

"陈浩呢？"

"不知道，都四个月没消息了。"

我没有加入到他们的吐槽中去，打开 Steam，"您有 125 位好友正在玩 DOTA2"，这他妈是工作日啊，一帮爬虫。

我们战队的另外四名成员都在线上，我和他们相识于一个主播的粉丝群，巧的是大家都姓刘，我们的战队就叫"保卫小刘联盟"了。

YY语音中，一个小刘说："天梯上7000分我就去上班。"

另外一个小刘说："昨天女朋友拔我网线了，不然我们肯定能赢的。"

还有一个小刘说："你丫居然有女朋友，我要把你踢出小刘的行列。"

剩下两个小刘沉默不语。在我准备排比赛的时候，耳朵里突然传来一阵陌生的声音，"带我打DOTA吧！"这是哪个小刘？没听过。我切出YY的页面，发现频道里多了个人，我说："你是谁啊？"那人说："今天老婆带孩子回娘家了，好不容易能玩会儿游戏，以前一起玩的朋友都找不到了，我就搜到了你们这个频道，我好孤独啊！带我打DOTA吧，我辅助很厉害的，包鸡包眼帮拉野，求求你们带我玩吧！"

三十岁的自己仿佛就在耳边，完全不忍拒绝，我就把他拉组里去了，正好一个小刘跑去吃早饭，他妈的十二点吃早饭，小刘都是爬虫啊。

可是搞了半天才发现我们用的是电信，那个人是联通，没办法，只能把他给踢掉了。良久的沉默后，一个小刘说："昨天我的父亲对我说他给我买房了，他说儿子啊，爸爸没用，只能给你买个小套，付个首付，以后你要自己还贷款。爸爸今天查出肝有点毛病，你都二十五岁了，以后你要靠自己了。"

另外一个小刘说："高中时喜欢的女孩子去了美国，春节回来过一阵子，问我要不要见面，我不敢去。"

还有一个小刘说："我在单位干了十年了，来的时候是小刘老师，现在还是小刘老师，同一批进单位的都不做讲师了，有的出国深造，有的成了我的领导。"

过了会儿，吃早饭的小刘回来了，他说："我真的不想天天吃安庆小吃，吃来吃去都是土豆肉丝盖浇饭，我上大学时吃的最多的就是土豆了。"

"这不是我要的生活！"不知道哪个小刘说道。

然后小刘们就陆陆续续下线了，留下本小刘一个人在频道里面对着无边的寂静发呆。

也许我真的应该去找一份工作，这样的日子不能继续下去了。

手机响了，龚大发打来的。

这位朋友是一位殡葬行业从业者，开了家淘宝网店搞外贸，名叫"本钱都不够"。大学期间我经常在他们家消费，某年双十一我就在他们家买了件摇粒绒睡袍，二十二块钱，《谋杀绿脚趾》督爷同款，我穿着它开心地在卫生间里跳舞，跳着跳着手机响了，龚大发打过来的，那边说："哥们，缺钱吗？"

我说："你怎么知道我缺钱啊？"

他说："有钱谁买这种东西啊。我有个活不知道你干不干，我找不到人了，你就帮帮我吧，我卖衣服给你本钱都不够的。"

我说："可以考虑一哈子，什么活啊？"

他说："哭丧，我是搞殡葬服务的，你看你天天哭，一定很擅长这种事。你看你行吗？哭一次三百块。"

我看我行，我就去了，不是在南京，好像是在安徽，具体我也不记得了。我只会用苏北话哭，我就跪在地上哇啦哇啦胡哔哔了一通，流下了几滴眼泪，嗓子都嚎哑了。最后办丧事的那家主人评价了一句："哭得很感人，感觉有故事在里面。"便多给了我二百块钱。

就这样我和龚大发认识了。后来他经常叫我去哭丧，这个活太累，还要贡献自己的感情，我一个特别喜欢哭的人最后都哭不出来了。所以再一次接到龚大发的电话我心里是拒绝的，我说："不要找我去哭了，我这辈子都不哭了。"

龚大发说："这次不是让你哭，有几个客户，要求很奇怪，让我们去读诗，我们几个粗人怎么会读诗呢？你是大学生，你看你行不行？多给你五十块钱。"

我看我行，我就去了。地点在颐和路一间老宅子里，只有四个人在现场，还有一口骨灰盒，怎么看也不像是要办丧事的样子。

一位自称是陈诗的男人接待了我，他强调，是诗歌的诗，不是老师的师，所以这个陈诗并不是一个名字，而是一个称号。啧了，有毛病吧。南京这种病人挺多的，如果你在南京待过的话。

陈诗交给我一本破破烂烂的书，他说："这是我老师，刘诗的诗集，读吧。"

翻开那本破破烂烂的诗集，里面一个字都没有，我读个屁呀。

陈诗说："这我们不管，你必须得读，我付过钱的。"

然后我就硬着头皮对着白纸开始读啦：

老婆死了，我自由了！
我从此可一醉方休。
那时回家分文没有，
她就叫得我受不了。
我幸福得如同国王；
空气纯净，天空可喜……
我们曾有如此夏日，
当我爱上她的时光！
可怕的渴撕扯着我，
会为了满足而必须
能够盛满她的坟墓
的酒；——此言并非过火
我把她推进了井底，
我甚至在她身上
把井栏的石头推光。

——我若能就把她忘记!

以温情誓言的名义,

永生永世互相依靠,

为了我们重新和好,

趁酒醉的大好时机,

我恳求她来碰个头,

夜晚,在一条黑路上。

她来了!——真个是疯狂!

疯狂,我们多少都有!

当时她仍然挺俊俏,

尽管很是疲倦!而我,

我太爱她了!所以我

对她说:把生命抛掉!

读到这里陈诗吼了句:"好!不愧是刘诗写的诗啊。"

没记错的话这应该是波德莱尔的一首诗,年轻时买过一本《恶之花》,每天读一首,也背过一些。这首诗印象深刻,就记下来了。

我说:"这他妈不是刘诗写的,这是波德莱尔的诗。"

陈诗说:"没关系,这是一首对着白纸从你脑子里冒出来的诗,刘诗不是个具体的人,是个理念你懂吗?理念。"

神经病,我不懂。我放下手里破破烂烂的没有字的本子后,那四个人打开骨灰盒,就着可口可乐把骨灰给吃下去了。

吃完陈诗说:"我们的葬礼就到此结束了,大家回家吧。"

三个人骑着一辆小电动车跑了,留下陈诗和我,他说:"小伙子,我看你蛮有文学天赋的,有没有兴趣来我们公司上班?我们是搞文学阅读产业的,现在的国人太浮躁,都不读文学了。我上学那会儿,严肃小说是阅读的底线啊。"

我连忙摆手说:"我不行,我什么都不会。"

他说:"你会什么呀?"

我想了想说:"我会炸鸡排。"

陈诗说:"那你就来我们公司炸鸡排吧,我喜欢吃鸡排。你现在进入就是创始团队啊,融资到 B 轮,少说年薪二十万,到了 C 轮,你就年薪百万拿期权干股啦!

你看行不行?"

我看我行,我就去了。公司地点在一栋偏远公寓的十二楼,走出电梯全是互联网公司,什么猛虎直播、C加直播、玄武湖一条龙直播,一看就知道是一些活不过冬天的公司。

在楼道的尽头我发现了陈诗的公司,连个 logo 都没有,一扇不锈钢门,门上贴了个旺仔牛奶的海报。想到小时候我爹非常喜欢在家里贴旺仔牛奶的贴花纸,他说贴这个会涨工资,后来家里贴满了他工资也没涨,他一气之下就用刀把旺仔的大脑袋割下来了。

我敲了敲门,门开了,面前是一个胖胖的男孩子,长头发,圆眼镜,满脸痘痘,穿着裤衩拖鞋,一看就知道和我一样是个肥宅。

他问:"送外卖的吗?"

我说:"不是呀朋友,我是来上班的。"

他说:"哦,你是小刘吧,你好你好,我司创业半年了,终于来了个人。"

说罢他转过脑袋对里面叫道:"陈诗!那谁来了!"

我看到陈诗端了个搪瓷饭盆走了出来,他还没跟我打招呼就被那小胖子打了一巴掌，小胖子说："又吃我鱼丸，我这周都去三次超市了，你他妈天天这么吃我们就要破产了。"

陈诗说："你不要这个样子嘛！等我们融到了 B 轮，不要说鱼丸，把超市都搬回来啊。倒是你，我们 app 出了个 bug，上周就跟你讲了，到现在都没有搞好。"

看来这个小胖子是个程序员，程序员哭丧着脸说："又给我画饼咧。一共就一百个不到的活跃用户，还他妈是送打车券才上线的，搞你妈咧。我毕业就跟你了，你他妈天天给我画饼，年年给我画饼，我以前室友都年薪百万拿期权干股了，我还在看你画饼咧。我每天晚上熬夜写推文，你看看我脸上的痘痘，我上大学时多帅啊，现在二百斤啊！女朋友都不要我了咧。上周在街上遇到前女友和她男朋友，一个三十二岁的成功男士，出版公司大股东。我就问我的朋友，我三十二岁时会很有钱吗？他说，你自己想吧。我觉得我三十二岁时还熬夜写推文，还在看你画饼，真的不如死了算了咧。"

说罢程序员一把推开我，冲向走廊尽头，他跑啊跑啊，跌倒了，裤衩撕裂，拖鞋飞走了，他又努力爬了起来，跑啊跑啊，终于在走廊尽头纵身一跃，那里是一扇开着的窗户。

可是他太胖了，卡住了，他说："有没有人能来帮我一把啊？"

没人走上前去，我不知道他是想让我们把他拉出来，还是推他一把。

呻吟了一阵后他有气无力地说："人啊，还是得靠自己。我的父亲是一名电工，在一次事故中失去了双手，他对我的母亲说，杀了我吧，我不活了。我的母亲没有说话，她拿走了家里三千块钱的积蓄，消失了。从那以后，我的父亲经历了十多次自杀，他让别人帮他，没人帮他啊，他们还要救他。终于，到第十六次的时候，他跳到了高压电线上，二百多斤的身躯将电线扯断，他把自己给电死了，死得很有尊严。"

说完这段话后那个程序员仿佛变成了一只泄气的皮球，他变小了，变软了，变成了一枚鱼丸，从窗户边缘滑了下去，在半空中滑翔了一会儿，最后弹落在地面上，被汽车碾过，终于看不见了，不知道粘在哪辆汽车的轮子下面，被带走了。

第二天，陈诗告诉我，投资人撤资了，公司完了。

他跟我讲："我要回小渔村咧。我们这代人，一个人在大城市，没有家庭的支持，很惨的。我十六岁就出来了，跟着我伯伯学机床操作。我们村没有年轻人待在家里，田地早就荒了，爸爸妈妈也不知道哪年死的。听说我的哥哥在河南挖煤，上次有他的消息是两年前了，他们矿长跟我讲，你哥哥被埋了，你哥哥不行了，你打点钱过来吧。大半夜急得我赶忙跑出去打钱，后来就没消息了，都说我被骗了，那我哥哥在什么地方呢？操他妈咧。前年来的南京，做销售，我们部门会计是个文学博士，天天早上读诗咧，她借给我不少书看呢。一个文学博士来当什么会计啊？就应该好好搞文学嘛。我给你读一首我写的诗吧！"

  失去土地的人啊

  你啊

  你不要哭泣

  在流水线上哭泣的人啊

  你啊

你不要悲伤

在人生的窄路上悲伤的人啊

你啊

你笑一个吧

在黑夜给自己找一个太阳

在冬天给自己寻找一缕春光

念完后，他说了声："保重，我的朋友。"然后陈诗就从我眼前消失了，我大为震惊。后来想起来其实觉得还好，因为我每年都能遇到这样的人，从这个世界上消失也没有人在意。我也是这样的人吧，一个人待在出租屋里发呆的时候我总是会想，就这样死了都不会有人发现吧。作为一个肥宅，可以想象，自慰的时候或者洗澡的时候猝死了，光着身子躺在地上，有一天房东过来收水电费或者抄电表的过来查表，发现了身上爬满虫子的我。

不过也有可能发现不了，我就见过抄电表的敲邻居家门，没人开门，她问我："小朋友，你知道隔壁一家去了哪里吗？"

我看着她不说话,她继续去敲门了,突然下起了雨,南京老是下雨,哗啦哗啦,她也就不再敲了。

过了一个月,邻居家儿子回来,发现了死去多日的父亲。"终于死了。"听说儿子是这么说的。

我的邻居,一个独居的老头,脾气很差,喜欢喝酒,讨厌我的猫,和我一样,是一个不怎么出门的人。房东曾经跟我说过:"不要跟这人一般见识,我们做了那么多年邻居,我们知道的,他老婆死得早,儿子没用,自己更没用,九八年还是九九年就不工作了。他要怎么样你不要理他,看我们房子租出去了眼红呗。"

告别新工作,我要离开南京了。出来四个多月,到了该返校的时候。当初清考,自动控制理论没有过,最后拿了个结业证书,我院书记热情地问我:"小刘,你清考怎么没有过呀?不是给了你们答案吗?"

我说:"我是第一个交卷的呀,老师说必须得抓个人避嫌,那就抓我吧。"

书记说:"这个老师多虑了呀,你也真够倒霉。"她深情地对我说:"不要担心,下半年回学校重新考试,我们会发毕业证给你的。"

结业证上的照片是二百斤时拍的,那是大三下学期,我跟一东北女孩网恋,每天都很开心,每天都吃好多东西,然后就变成二百斤了。

我问书记:"到时候能换张照片吗?"书记说:"当然啦,我们再拍就是啦。"

不幸的是,四个月过去了,我变成二百五十斤了。

晚上十一点的车去徐州,特快,天亮之前能到吧。我把猫送给朋友寄养一阵子,打算考完试回一次苏北。走之前我在家门口又吃了顿麻辣烫,一个蛮漂亮的姐姐开的摊点,就在萨家湾十字路口,有时在生煎包子铺那边,有时会出来一点,在鼓楼区疾病预防控制中心门口。那天还要里面一点,一开始没找到,我已经连续吃了一个礼拜,吃到屁股上长了疖子,脸上冒出了不少痘痘,真的是太好吃了。

我问那个姐姐:"今天怎么在这里啊?我找了好久。"

她边切蒜边说:"傍晚十字路口那边有人在查啊,在这里他们不怎么管的。天这么冷,我也懒得挪地方了。"

锅里咕噜咕噜地冒着气泡,她问我要不要鸭肠,刚进的货,挺好吃的,我说好咧。不远处还有一个小伙子在卖炒饭,没什么生意,他只能坐在地上玩手机,我每次路过这里他都在玩手机。

烹煮的间隙,姐姐说:"再过几天更冷了就不做了,年底他们抓得也厉害。儿子在这边上学,做这个赚点钱嘛,能赚多少是多少。你要不要辣啊,你好像不要的吧,汤已经很辣了,有些四川人还要加辣。送你点青菜吧,最后一把了。"

我站在寒风中吃完了热气腾腾的麻辣烫,然后叫了辆车去火车站。十点半到的,上了个厕所,一个老头坐在厕所门口,有个小伙子跑进来抽烟,老头说:"这里不让抽烟,要罚款的。"

小伙子边抽边说:"罚款就罚款!"然后他就被叫去罚款了。

老头走后更多的人跑进来抽烟,我也好想抽烟,可是我不会抽,一直学不会,太蠢了,总是烫到自己的肺。也有可能我抽烟的方法是正确的,那我就是不喜欢抽烟了。

上了车我立马就睡着了，车厢里没多少人，和我记忆中特快车走道里都站满了人的情况不太一样。

车到宿迁的时候，我左边座位的一位大叔突然躺在地上。乘务员问："这位乘客，你是不舒服吗？"

那人摆摆手说："不要管我。"

乘务员问他要车票，他说他没有车票。过了会儿，更多的乘务员跑过来了，问那人要身份证，他拿不出来。问他哪个站上车的，他摇摇头说不知道。问他要去哪里，他也说不出来，最后勉强说了句"我要回家"。

一位身无分文，不知道自己叫什么，不知道自己从哪里来要到哪里去的乘客。广播里传来了"下一站徐州，请要下车的旅客朋友做好准备"的播音，乘务员对那大叔说："要到家啦。"那大叔就起身跟他走了。

"怎么办呢？"一位女乘务员忧心忡忡地问。

"能怎么办，又不是第一次遇到这种人，停车后交给警察呗。"一位年纪较大的女乘务员漫不经心地说。

下了车，徐州正下着雪。打车直奔学校，八点钟考试，还有两个小时。一开始司机师傅用车上的对讲机跟其他司机聊天,"干嘛去呢?""去新城区呀。""路上没结冰吧?""不知道呀,我晚上没干,刚出门的。"行至中途,司机说:"后天我大伯的儿子结婚,我要包多少红包呢?"

没有人回应他。车在徐州新城区没有什么人的道路上奔驰,雪将车窗覆盖,被雨刷打掉,我看着来来去去的雨刷,想睡觉了。

长久的沉寂后,司机打开了车载收音机,播音员说:"不知道大家还记不记得自己小时候的理想是什么,是当个科学家呢?还是老师?医生?我嘛,我想死,后来发现这不太现实。"

播音员的声音渐渐隐去,耳边传来一首既陌生又有点印象的歌,"爸爸问我,你长大之后要做什么……我长大之后要做总统……长大后我才知道总统只能有一个,科学家也不太多……慢慢慢慢长大以后,认识的人越来越多……慢慢慢慢长大以后,每个人都差不多。"

李寿全的《我的志愿》,我没有志愿。高考在二本线上,我班就二十个上二本线的,我是第二十个,学校专业都是我爸填的,"有什么办法呢,我们也只想你混个文凭嘛。"

到了学校,直奔教室,拿出早已做好的小抄,二十分钟不到就写完了。监考老师也不管你,自顾自玩着手机。考完我去地下超市,想吃南通炒饭,我以前经常吃的,到了才发现那家店早就关门了。去宿舍想看看楼长,那位只会拉《梁祝》的楼长并不在,问了问,新来的说:"早走了,去别的地方上班了吧,要给儿子买房子啊,这点工资怎么够。"

考试肯定是能过的了,文凭肯定是能混到的了,感觉没什么可以做的了,我就走了,买了张回老家的车票。

傍晚到的家,推开家门,我的母亲在包馄饨,她对我说啊:"你爸爸又不见了,他把家里房产证偷走了,你说搞笑不搞笑。"

他妈的偷房产证干嘛呀!"他想贷款去做生意,我不给他房产证。我跟他说不要折腾了,这辈子就这样了,可是他说不。"

看来我的父亲还没有认命,年轻时开书店,没人看书,书店关门。开书店时还搞了一批不粘锅卖,锅王胡师傅，那个时候很火的，电视上都是广告，后来说这东西含有毒物质，亏了。跟朋友去河北搞药品生意，失败了。人到中年，接手了一位朋友的饭店，没有生意，并不像他去洽谈时那么火爆，大概是找的群众演员吧，又失败了，朋友也跑路了，不知去向。

"你爸爸总是异想天开，就是书读太多读傻了，踏踏实实上班攒钱不好吗？"我妈抱怨道，"我也不是不支持他，现在这个房产证没用啊，他拿这个能干吗呢？我上周去看了，要换什么不动产证明，办这个证一千五百块一平米。我说我们家以前办的那个证，当年五百块一平米办的，就没用了吗？他们跟我讲，你不用这个房子啊就不要办这个证，一年一个政策，他们有什么办法呢？他们也很无奈啊。你爸出去连个手机都不带，急死人了！还有你，回家干嘛？在外面混，不好好找个工作！"

我忙说："你不要急啊，会回来的。消消气，吃饭吧。"

吃完饭，我妈带着一堆清洁工具出门，上班之余她在兼职家政，做了好几年了。她对我说："你不知道哦，昨天做的那家人，光那个大理石门就二百多万。主家才三十岁，做钢材生意的，给我们开门的是他弟弟，他弟弟没工作，就帮他接送孩子。"

我除了附和几句，他们家真有钱呀，不知道还能说些什么。

走之前我妈又说："你好好休息吧，回来我再跟你好好讲讲。实在不行就去我们厂上班吧，年底招工人了，我们那儿年轻人呆不久，有的上几天班就辞职了，也不知道什么毛病，钱哪有那么好赚啊。"

她又补了一句："不过说心里话，我们送你上了大学，也不想你跟我们一样做个工人。"

我突然好难过啊，好难过啊。想到有一天龚大发对我说，他突然好难过啊，好难过啊。我问是不是最近死的人太少了，他们没生意啊。他说不是的，"我和我妈办完事回家，路过一家书店，我想进去看看，我妈说这有什么好看的。我的妈妈，她不识字。我说好吧，就走了，走了会儿我想想还是回去吧，就一个人折回去了。进了书店，我就在大厅里站了五分钟，我突然好难过啊。我就去厕所哭了一场。我爱我的妈妈，你知道这种感觉吗？"

我说我不知道。人的悲伤并不相通。

晃晃悠悠走上楼，打开书房的门，电脑开着，桌子上放着一部红米手机，还有一串手串，那是我爸的东西。桌面上一个打开的聊天窗口，群名叫"脂溢性皮炎俱乐部"，我笑了，这个群名字真好玩。我也有脂溢性皮炎，额头上和脑袋上，一直治不好，以后我大概是要秃的吧。

群主说了句"各位病友今天请准时到北展大药房交流病情"，我爸回复了个中年人最爱用的点赞表情。看来我爸是去这个脂溢性皮炎俱乐部交流病情了，北展药房我去过，我爸一个中医朋友开的。我爸总是能隔三岔五从那朋友那里拿点药回来，什么六味地黄丸，附桂理中丸，我们家到处都是这种药，大部分都被我偷偷吃掉了。

去那个药店就能找到我爸吧，反正我也没事干，我就骑着小电动车去了。推开药店的门，十来个人围坐成一团，我爸那个医生朋友坐在中间，一位看起来没什么头发的年轻朋友哭着说："我二十七岁时有人说，三十岁的我肯定没头发了。以前工作压力大，我在城北科技园工作，主要是接待从北京来的科研人员。那帮狗日的，整天就是吃吃喝喝，我得陪他们玩啊，没想到二十八岁时我就没什么头发了。后来换了个单位，头发是长出来点了，但是那些块状头皮屑啊，还是不断地往外面冒。我这么大了，连个女朋友都没有啊。"

老中医对我摆了摆手，示意我坐下，然后对那位年轻朋友说："试一试含硫洗剂吧。"

"我试过了，没用，还有什么采乐，康王洗发水，一点用都没有。一开始医生给我开了哈西奈德滴液，一涂就好了，可是那个是含激素的，后来复发得很厉害。"

老中医说："你不要担心，这种病就是这样的，很顽固，我们会尽全力帮助你的！我们村的薛贵平，就是因为这个病，到四十岁都没结婚，他比你们严重多了，他是全身长啊，最后一个人死在家里。"

"不知道你们有没有看过一本书，叫《鼠疫》。"角落里一个头发茂密的男人说话了，那头发多茂密呢，茂密得像拖把。

老中医说："没有呀，王老师你要说什么，诶你皮炎是长哪里了？"

那个男人说："我啊，长阴囊上的。"

众人纷纷投来同情的目光，那个男人继续说道："其实也没什么，最近读的一本书，讲一群人跟病魔作斗争。我们也是在和病魔作斗争啊，因为这个病，我老婆都跟我离婚了，说我出去乱搞，我真的没有啊。这本书讲的什么呢？我觉得是生命的光芒只有在抗争中才能激发出来，因此生命的意义就在于和苦难作斗争。具体到我们这里，就是和这个脂溢性皮炎作斗争啦！病情越重，生命的意义因之越深。大概在这种斗争和思考的过程中，人的能动性和创造性才得以发挥，意义才得以呈现。你们想想，我们都试过多少办法了，这个俱乐部有一年历史了吧，少说我也二十多种药用过来了！这就是我的一点感想，我找不到更好的观点来解释为什么你们还没有自杀，而是选择活到了今天。"

老实讲我没听懂他在说些什么，大家也没听懂吧。老中医说了句："说得好，为我们自己鼓掌吧！"

药店里响起了零星的掌声，一位大妈说："从上周起我就发烧，头皮屑非常多，额头上和鼻子旁边出现爆皮现象，去医院挂了瓶水，地塞米松和头孢，两天后我发现那些困扰我很多年的问题统统没有了！不过最近这个皮肤又粗糙了起来，还痒，不知道是不是地塞米松的原因。"

一个光头接过话说："我想开了，我就自己把头发给剃掉了，什么烦恼都没有了！"

我觉得这话挺有道理的，准备回家就把头发给剃了。二十岁出头，我还留着厚厚的刘海，有女朋友的时候老是被女朋友说不成熟，必须剪一个成熟男人的发型了！变成大人，成熟起来！

又过了半个小时，大家不再交流病情，而是相继发表了一些对生活的看法。

光头说："我儿子赌博欠了一百万，过年不回家了，人家来问我要钱，老子以前是公安局的啊！我干了三十年，同一批进局子的都调任局长了，我还是个基层警察，去年还放我假。我活到五十多岁，被一帮混混威胁，我活着干什么呀！那个小畜生，跟我是没什么关系了，我不要他进门了！"

大妈说："我哥买彩票中了一百万，人也跑了。欠我家二十万，给他结婚的，这就不想还了呀。不过他也是惨，五十岁才结的婚，跟城南一开洗发店的女人。我们家嘛条件再怎么不好，也是正经人家。一开始我们家是不同意的，不过最后只是说那女人要是真心实意想跟我哥过日子，那就结婚吧。没想到，结了没几个月女的就被人捅死了。说是以前的顾客干的，怎么说，没什么好说的。"

王老师感慨道："你们这些人都蛮单向度的。"

老中医问："什么是单向度呀？"

王老师说："简单地讲就是你们没得选，你们有什么办法呢？你们也很无奈啊，你们被异化了，被无形的力量控制了。"

光头说："那我看这样挺好的，有得选我就不知道怎么选了吧！让我们开开心心地被异化吧！"

药店里充满了欢快的气氛。等他们说完后我说："我好苦恼啊，我爸爸不见了，哪里都找不到他，看他聊天记录好像是来这里了，可是我没有看到他。"

老中医问我："你爸爸是谁呀？"

我说："刘林海啊。"

"噢，你是他儿子啊，有人看到刘林海了吗？"

大家七嘴八舌地说了起来，有说在西郊公园见到过他，一个人站在湖边，大概是要投湖。还有说在工人影剧院见过他，一个人坐着看电影。

"工人影剧院早就被拆了，现在哪还有工人的位子。"有人纠正了他的错误。那人说，"那就是我记错了吧！老了，不记得了，不记得了。"

最终，光头和那个王老师都表示看到我的父亲变成了一只老鼠，也许是松鼠，他们不敢肯定。

光头说："六点钟我到的俱乐部，我以为我是第一个，没想到小刘比我来得还早，他手里拿了个红色的本子，神情疲惫地坐在地上。然后王老师就来了，你爸突然说不舒服，捂着肚子，我们就扶着他出去透透气。'给我一个具体的敌人吧！'你爸绝望地吼道，'我不要再对着空气挥舞拳头了！'"

"然后呢？"我问。

光头继续说道："过了会儿我进去拿了几瓶矿泉水，回来你爸就不见了，王老师一个人站在那儿。我问小刘呢，小刘呢？王老师指着不远处的一棵树说，他变成一只松鼠跑树上去啦！也许是老鼠，太暗了，我看不清。可是我盯着那棵树看了好久，那是一棵光秃秃的树，除了枝干，我什么也没有看到。"

最后还是没有人能确定我爸去了哪里，我悻悻而归，在家门口遇到了打扫完回家的妈妈，她问："儿子，你去干嘛的？"

我说："我去找我爸。"

妈妈又问："找到了吗？"

我说："没有。"

"不要找了，又不是小孩子，明天就回来了，你帮我拿下东西。"

她递给我一个盒子，我一看，是个生日蛋糕，"明天是你爸生日知道嘛，五十二岁了。"

我提着蛋糕往家里面走，我妈开始抱怨，"现在谁家没两套房子啊，我们单位都给孩子买了房，你爸就没这意识。"

"今天上班一不小心睡着了，被扣了一百块钱。我本来要去锅炉车间看看的，怎么就睡着了。"

她说了很多生活中那些糟糕的事情，我不想听，只是最后，她也说不动了，叹了口气，说道："你爸这些年也不容易，混成这样已经很不错啦。看看周围，条件比我们家好的也没几个。"

那晚我爸并没有回来，我妈抱怨到凌晨两三点，说等他回来一定要教训他一顿，"男人过了五十岁就跟小孩子一样，就知道胡闹。"

可是过了一个礼拜，他仍然没有出现。

是这样的，肯定是这样的，具体来说就是，我的父亲，在五十二岁生日的前一天变成了一只松鼠，跑树上去了。

他没有变成一只鸟，也没有变成一只螃蟹，他甚至没有变成一条狗。他带着没用的房产证消失在茫茫黑夜中。

我想，他应该是不会再回来了吧。

做个人吧

张喵喵来南京出差,请我吃了顿饭。毕业才两年,我已经快认不出他了。他剪去了长发,穿上了工装夹克,甚至蓄起了胡须,并且他告诉我,他已经一百八十斤了。

谁能想到呢?以前我们班没有女孩子比他白,也没有女孩子比他瘦,他的腿比我见过的任何女孩子的腿都要好看。每到夏天,他都会只穿着一条内裤,坐在床沿上,我抬头便能看到他的腿,那是我大学时代最美好的回忆。

我曾经介绍他去拍写真,穿些小裙子,专门卖给我这样的死宅。"死宅买回家幻想他们不存在的女朋友,那一刻达到人生的高潮，而后遁入虚无，周而复始，不断来我这里买写真，已经形成一条完整的产业链了。"江苏师范大学摄影社社长王正海这么跟我介绍他的项目，然后我就把张喵喵带过去了。

拍摄并不成功，当张喵喵得知买他照片的是一群死宅后就不愿意拍了，他觉得骗人是不对的，他毕竟是个男孩子。

我说："你再考虑考虑吧！网上卖照的小姐姐都月入过万了！"

他并不为之所动，说道："那些人，那些肥宅已经够可怜了，我们还骗他们，这算什么事情？"

善良的张喵喵，为了不让肥宅受到伤害，主动放弃了月入过万的机会。我永远不会忘记王正海那充满遗憾的眼神，以及第一次见到张喵喵时，王正海跪在地上的样子，他激动又沮丧地说："你是这样的美丽！而我只是个胖子！"

两年过去，曾经美丽的张喵喵已经是个胖子了，他穿着工装夹克坐在我对面，喝着啤酒，念叨自己的工作，就像他的父亲那样。

"早知道当初就拍写真骗肥宅的钱了。"回忆往事，张喵喵满是悔恨。

他继续说道："我爸说什么，早知道初中毕业就让我进厂了，现在估计车子房子都有了，这是人话吗？"看来，回忆起往事，张喵喵的父亲同样满是悔恨。

印象中，张喵喵的父亲是一名电工，大一刚开学时来过我们学校。那天张喵喵坐在床上套被子，他爸站在宿舍门口，望着阳台一言不发。

张喵喵不会套被子，我爬上床帮他。那年我才十七岁，阳光照射在宿舍里，一切都是那么美好。说实话，不管你现在几岁，当你回想十七岁夏天发生的事情，一定会觉得自己的人生出来什么大问题！

那时候我还相信"永远年轻，永远热泪盈眶"这样的句子，现在我只觉得它矫情，毫无意义。当你看着自己一天天衰老，美好的事物无法挽回地成为过去，只能祈祷自己早点去死。可是你知道自己还要活很久，并且与真正的苦难比起来，你的痛苦不值一提，这就更痛苦了。

我们套着被套，张喵喵的父亲接了个电话，"变压器没坏吧?""陈工不在吗?""你去仓库找下王强,他今天应该不放假。"……他面无表情地说着这些话,现在想起来跟刘林海还蛮像的。刘林海刚当上仓库主任那会儿,每次放假在家都会接到很多电话,"你们他妈的是猪脑子吗?""少了我这帮人什么都做不成!"他总是骂骂咧咧的,不过半年后他就不骂人了,只是机械式地接着电话,下达指令。

在他成为仓库主任的第二年,有员工杀了公司张总养的猪,在仓库里烤肉吃导致仓库着火,刘林海因此被辞退,回家躺着,看《我怎么在股市赚了一千万》度日,跟死人没什么两样。

刘林海偶尔会跟我讲一讲张总的故事:"你知道张总抱着自己的猪哭得多伤心吗?"他说:"他儿子死的时候他甚至没有回家,从不掉眼泪的男人,孤独战斗的张总是我们所有人的榜样!谁知道,他居然为了一头猪流眼泪了,我们企业的精神,我们的战狼精神呢?"

过了会儿他又补充道:"哭完张总就把猪吃掉了,据说那是从南美洲空运过来的野猪,味道一定很好。其实我每次在公司草坪上看到那只猪都很想把它杀了吃掉，谁能想到我的员工先下手了呢？那只猪早晚要死的，张总为什么想不明白这一点，我们是江东战狼啊！"

"张总真的不是找个理由把你除掉吗？"我说，"我们公司超过四十岁的人统一被优化掉了。"

到这里刘林海就不说话了，这段对话我们进行了十几次，我一直在努力将对话进行下去，可刘林海就是不说话了。很苦恼，就像玩游戏到某个地方就是触发不了剧情，可能是出 bug 了。

据我观察，随着年龄增长，生活中的 bug 会越来越多。老婆突然号啕大哭，老公一言不发去买了张彩票然后撕掉，妈妈从厨房逃跑，爸爸因为股票走上天台，人生到了尽头，剧情无法继续，我想和你说话，你却沉默不语，我们活在一场游戏中，习惯就好。

张喵喵的父亲在我们套完被子后就走了，临走前他对张喵喵说："我走啦，钱不够和我说。"

那次见面他并没有给我留下很深的印象，一个送儿子来上学的家长而已，谨慎、胆小、不爱说话，与周围的一切保持着距离。"我们工人，在这样的环境中都会这样！大学嘛，我就读到初中，知识让我害怕！"第二次见到张喵喵他爸时，他在餐桌上跟我爸把酒言欢，无话不谈，俨然有相见恨晚之意。

第二次见到张喵喵他爸是我上大二的时候，我挂科挂了七门，叫家长来，要被劝退了。很不幸，我从大二开始每年都被劝退，我每年都会写一份让我继续求学的申请，"求求你们，让我继续上学吧！我想学习！我热爱学习！"差不多是这样的内容，教务处就会把劝退改成留级，这样的操作当然是为了继续收学费啦。

幸运的是我们这个班没有下一级了，学校对我们的未来持悲观态度，所以就取消了我们专业，我也就不用留级了。我就这样上到了大四，最后累计挂科二十多门，大家拿着毕业证学位证开开心心回家了，我拿了个结业证开开心心地做餐饮策划去了。

这大学上得有啥意思呢？这种问题不能细想，想多了就会问自己，活着有啥意思呢？没意思啊，活着嘛，大家都这样。

被叫家长那天，从辅导员办公室走出来，刘林海立马去了银行，取了一万块钱给我，他说："做个人吧。"

在那里我们遇到了张喵喵和他爸。我跟张喵喵打了个招呼，刘林海跟他爸打了个招呼，他爸问刘林海干啥呢？刘林海说："我教儿子做人呢。"

说完他从兜里掏出七个红包跟我讲："做个人吧。"

我说："我们学校的老师不收红包的。"

刘林海很沮丧地说："他们连做人的机会都不给你吗？"

我说："不是的，是太少了，再多一点总还是有机会的。"

刘林海说："一个破三本，真把自己当人了？邻居陈叔叔家儿子买个北大的文凭也就花了一万。"

那是真的吗？我有点不敢相信。我认识的北大毕业生总是有意无意地透露出为了能让他考上北大家里花了多少钱，从出生至高考，小到专门定制的学习桌椅，大到几万块的辅导班，如果他们知道一万块就能买北大文凭他们不得去死？

刘林海说："你管他真的假的。早知道初中毕业就让你进厂了，大不了买个文凭放家里，反正也没什么区别，毕业了不还是进厂。我们厂一堆名牌大学生，一群吃不了苦的废物。"

谢天谢地，还好是假的，真是吓死我了，如果他们知道一万块就能买北大文凭他们肯得去死。我希望他们继续活着，我好继续观察他们的朋友圈，从中获得活下去的乐趣。

张喵喵跟他爸是来补交学费的，他爸说："学费怎么这么贵，又涨了。"

刘林海说："贵是贵了点，能混个文凭也好。"

我们这个专业就是专门给考不上二本的废物准备的，虽然我上了二本线，可刘林海觉得将来我应该进入电力系统，于是他就到处找电气工程及其自动化这个专业，然后我就跑徐州来了。

我肯定进不了电力系统，我爹都不在电力系统里，我怎么进得去呢！这个道理他都想不明白，难怪他一辈子都进不了电力系统。

"关于电力系统，我有话说，"张喵喵他爸说，"不过不着急，我们先找个地方吃饭！"

我们找了个苍蝇馆子——小陈土菜馆，在徐州工程学院南门外的村子里。老板娘姓王，她说："小陈是我的爱人，二〇一二年他跟着一群宿迁人去寻找对抗世界末日的方法，至今未归。"

"世界末日并没有到来啊。"张喵喵说。

我们都以为二〇一二年是世界末日，谁知道末日并没有到来，很多人在那年失去了重要的东西。我认识的一哥们就在那年放弃了高考，他觉得都要玩完儿了，还考什么呀！后来他在父亲的贸易公司做总经理，娶了局长的女儿，开劳斯莱斯上班，每天都觉得活得很没有意义。看来这就是没有高考带来的后果。

见我们否定世界末日，老板娘说："我知道，他们一定是成功找到了拯救地球的方法。"

这时候张喵喵他爸说话了，他激动地举着酒杯，"老姐，我的灵魂在颤抖啊！"他说，"英雄从来都是在不为人知的地方燃烧自己拯救他人，也许他们再也不会回来了。老实说，我一直很讨厌宿迁人，一九九九年我去宿迁做工程，装了一百个马桶，他们一分钱都没给我。但是听了你讲的故事，我为自己感到羞愧。"

"宿迁人还行。"刘林海说，"这个时代，愿意为理想而死的人越来越少了。我二十岁时想去北极寻找坠落的陨石，我走到北京就后悔了，最终回到了故乡，进厂，结婚生子，一辈子就这么过来了。我上了一辈子班，我上了一辈子班……"

他不断地重复"我上了一辈子班"这句话，最终他举起了酒杯说："敬那些没有上一辈子班而是在庸常的日子里受到使命的召唤义无反顾放弃安逸的生活，为了……为了……"他说不下去了。

爹在做仓库主任时给员工开会从来都是读一些长句，据说这是张总要求的，"领导说话要有气势，要浪漫！站在全人类的角度，把自己置身于人类历史长河中，思考我们江东战狼存在的意义！"——《张奇伟管理学宝典》首页这样写道。

见爹说不下去了，张喵喵他爸接过了我爸的话："为了人类的未来，主动遁入历史的暗处，以自身为燃料燃烧出幽暗的灯火。总之，敬这些人！"

老板娘激动得话都说不出来。张喵喵悄悄问我："你爸以前是干什么的？"我说："电工啊，一九九九年下岗，然后脑子就不太行了。"

张喵喵说："这么巧，我爸也是。"

那一天的小陈土菜馆只有我们五个人，别的顾客都被吓跑了,他们像看怪物一样看着我们。《徐州晚报》二〇一三年九月四日有一则报道,"家住新城区的李先生报警称发现传销窝点,警方到达后发现只是朋友聚餐喝酒聊天,李先生因妨碍公安机关正常工作秩序被行政拘留。"这条报道说的就是我们。

可怜的李先生。

再次回忆起这段荒唐的经历时,我已经活到了爹进厂的年纪,我还不想进厂,我去了一家餐饮策划公司,每天的任务就是和各种老板吃饭吹牛,让他们相信他们可以成为下一个海底捞。张喵喵一毕业就进厂了,坐在我对面,就像他爸坐在我对面,抱着酒杯,打着嗝,说些没人相信的胡话。

"我差点就去国信电厂上班了。"张喵喵说。

真的吗?我不信,张喵喵跟他爸越来越像了,曾经美丽的他已经是个胖子了。他穿着工装夹克喝着啤酒,喋喋不休地说着自己的工作,不断地回忆自己的过去,不放过任何一个细节,他在努力寻找失去的时间,但我知道,这一切都是徒劳,他找不回来的。

按张喵喵自己的话来说,他毕业后成为了一名电工。我们班很少有从事本专业工作的，毕竟是给考不上二本的废物准备的，学费比一般的专业贵一大截，大部分同学都回去继承父亲的产业了。张喵喵也是这样的，他跟在他父亲后面装电灯泡。有一天他父亲问他，"喵喵啊，你跟我多久啦？"

"一年吧！"张喵喵说。

他父亲又问："我上班多少年啦？"

张喵喵无奈地说："这个只有你知道了，反正我从记事起你就在上班了。"

他的父亲长叹一声，说自己想成为电的一部分，进入电力系统，不然作为电工的一辈子白活了。说完他的父亲纵身一跃，最终被电死在变压器上，成为了一块永恒的焦炭。

"如果我把这件事告诉我爸，他一定能理解你爸的。当年和我爹同一年进厂的王向军已经是国营电厂副总了，而我爹只是个废物。"我说，"但是我担心我爸会效仿你爸，我爸很想进入电力系统，那样就有机会一劳永逸了。"

张喵喵叹了口气："也许吧。"

我说:"那你爸到底有没有进入电力系统呢?"

"这个只有我爸才知道了,每年都有人被电死在变压器上,确实也没有证据证明他们成功地进入了电力系统。"

"但我还是希望他成功了。"张喵喵盯着酒杯说,"那样他就自由了。"

"我之前见到了一个人,跟你爸很像……算了,我还是从头说吧。"老实讲我很讨厌跟老朋友见面,如果他们开始回忆,你也得跟着回忆,我是不怎么喜欢回忆的,我说:"怎么讲呢,其实也就是最近的事情……"

最近,最近我过得不太好,大家过得都不太好。爱情离我的生活越来越远了,很多事情都从我的生活中消失了,如果我能提前知道那种状态以后绝对不会再出现在我的生活里,我一定会多吃几支可爱多的。

毕业两年后,我的体重达到了三百斤,时常被错认为我们老板。我们老板是一个四十岁的中年男人,早年做过调查记者,后来觉得世界没救了,于是就出来创业做美食自媒体。"赚点小钱,争取把女儿和老婆送出国。"我觉得他这个志向非常伟大,很浪漫,有情怀,我愿意为他的理想贡献一份力量，因此每天主动加班。

我们老板喜欢说自己是结婚之后才变胖的，但我们都知道他是创业之后变胖的，他的办公室里满是各种各样的啤酒，还有烟。"没烟没酒怎么工作呢？"他鼓励我们抽烟喝酒，我加班加得无聊就会去他办公室里喝酒。有一次我把客户给我们的样品喝掉了，事态非常严重，那是准备给我的上级——南京知名品酒师王强喝的。

王强是一位美食博主，他的工作就是喝酒吃东西，然后写测评，一篇测评能赚一万块钱，这么好的工作，我特别羡慕。理论上来说我也是写测评的，可是我的工资只有三千五，工作了半年，南京的餐饮店老板就不让我们探店了，他们只会说："我们上新菜啦，你写篇文章吧！"可能是因为我吃得太多了吧。

举个例子，王强就说以前最忙的时候他一天能吃五家店，花一个小时写稿子，"套个模板，夸他们家菜好吃就可以了。那是美食自媒体的黄金年代，我那时的体重是四百斤。"

我工作第一年的夏天，王强被人发现死在伤心大饭店的厨房里。听说是因为饭店上新菜不给他吃，却让他写。他半夜就偷偷跑入厨房里去了，吃了很多未经加工的原材料，螃蟹、乌鸡、大马哈鱼……他的胃里什么都有，王强被活活噎死了。视频监控显示，王强一边吃东西一边唱歌，直到章鱼从他鼻孔里钻出来，螃蟹割破他的喉管，他还在唱歌，rua——rua——rua——直到死去。

王强死后，他的客户就转给了我，其中有一位王总，特别难对付，他从来都不理我。我从当年九月底就开始约他交接工作，一直约不上他，他不回我微信，打电话也不接。我一度怀疑他是不是死了，可是十月一日他在朋友圈发了条"操你妈"，六号晚上又发了条"要不要脸啊傻×"，过了七号就每天"操你妈"了。

后来公司开会，老板说："王总发了不该发的东西，小刘你应该多关心一下他。"我该怎么关心呢？不就每天发"操你妈"吗？我觉得不是多大的事情，我想他也许遭遇什么人生变故了。我大学时的室友，来自无锡的张强，从徐州南站打车回学校，被收了六十块钱，从那以后他天天对着空气说操你妈。"我以前从来没被坑过！""你们徐州人怎么这个样子！""操你妈！"

可怜的无锡男孩，他的心情我能理解。我第一次加网上卖照片的女孩微信，看着价目表，什么三十块钱五张无码，四十块钱三分钟高清视频，六十块钱一对一五分钟视聊，非常激动，满怀希望地发了个六十块的红包，收完钱她就把我拉黑了。从那以后我这人就不太正常了，开始满嘴脏话，抽烟喝酒，每天一瓶2.5L的可乐，体重飙升。人生变故，莫过于此。

再或者，王总本来就是这样的人，只是最近才决定向我们袒露自我。我朋友圈都不想对他分组了，我也喜欢发"操你妈"。

王总这样的大老板，遇到的傻×可能更多吧。但是我这种人只能分组"操你妈"，他这样的大老板就能肆无忌惮地"操你妈"。

这种状态持续到年底，王总终于主动约我了，说想见面谈一谈新年的方案。我们没有在他的牛蛙店见面，而是约在一家还在装修的网吧里，"小强网吧"，门头上印着《魔兽世界》的画面，阿尔萨斯手刃亲爹那个场景。现在都叫网咖了，我很久没见到过网吧了，更不要说《魔兽世界》。王总怕是进入了一个他不了解的领域吧，他可是个五十岁的中年男人啊。

说实话我蛮想去牛蛙店的，说不定还能让我吃点呢。王总最为人所熟知的身份就是"南京牛蛙小王子"，我们曾经劝他不要用这个名号，"牛蛙之王"也比这个好，可是他说不，"我今年五十岁，还年轻。"

王总的牛蛙店我只去过一次，那时候王强还活着，他给王总策划了一个名叫"跳一跳"的活动，顾客在店门口学青蛙跳一跳，跳得最远的人能得到霸王餐资格。活动那天中山北路上满是学青蛙跳的人，活动持续了一天一夜，有个男人跳到了长江边，没人比他跳得更远了。他在长江边站了很久，一直凝视着远方，就在大家准备为他庆祝的时候，他居然又跳了下，跳长江里去了，霸王餐的资格自然就给了第二名的我。

真是美好的回忆。王强因此得到了当年的南京新媒体年度策划大奖，王总的牛蛙店也声名远播。跳一跳活动持续了很久，那段时间，隔三差五就会有人跳长江里去，他们的尸体漂向大海。

浪漫！

不过王总对王强的策划好像并不满意，记得那时，王强开会时都闷闷不乐，说王总从来不给他好脸色看。

我去网吧见王总的时候,他正坐在一堆电脑零件里,大半年没见,他苍老了许多,像一尊坐在垃圾堆里的雕像。他发现了我,扔掉了手上的螺丝刀,盯着我看,一脸你他妈是什么东西的表情。我赶忙学青蛙跳了一下,王总笑了,他跟我说:"我认得你,你那天得到了霸王餐的资格。"

我说:"是的,王总。众所周知的原因,公司派我来接替王强的工作。"

王总问我怎么看他刚买的电脑。怎么看?赛扬处理器,9600GT的显卡,1G内存。"这是十年前的配置吧,能吃鸡吗?"我说。

"十年前,我给我儿子买了他人生中第一台电脑,就是这个配置。那个暑假,他非常开心,开心得像个二百斤的孩子。"王总说,"现在,你知道的吧?我家出了什么事情,我永远地失去了我的儿子。我就买了一百台电脑,全部都是这样的配置。"

王总接着说:"我可怜的儿子啊不是自己死的,他是被王伟峰弄死的,你认识王伟峰吗?这人很有名的。"

我确实认识王伟峰,据说那是一个有着十个五百人群的男人,他积极参与一切南京地区的微信福利活动,比如点赞过五百得霸王餐资格,评论上前十换取电影票……每场活动都能见到王伟峰的身影。我甚至见到过他为了一个蟹黄汤包把自己的评论刷到了一万赞,这他妈还是人吗?他曾多次想白嫖,但都被正义的王强阻止,跳一跳活动期间他找到一只巨型牛蛙代表他参赛,比赛是不准找外援的,人怎么跳得过牛蛙呢?王强就把牛蛙宰了送去厨房,作为第一名的额外礼物。我发誓,那绝对是我吃过的最好吃的牛蛙。不过王伟峰也就和王强结下了梁子,多次破坏活动现场,南京餐饮界人人对其恨之入骨。

王总点点头说:"没错,就是那个变态。你们不知道的是王伟峰可以控制小动物,小猪啊、小狗啊、小羊啊、小虾米啊……他的那些赞其实都是小动物帮他点的。"

"小动物也能用微信吗?"我很诧异,"那他莫不就是传说中的德鲁伊了?"

王总说:"当然了,我家狗就有两个手机,它一年网恋十次呢。然后你看看你周围,仔细想想,还有几个人类?"

我说:"我不知道。但是,我的老板肯定不是人。我怀疑他很久了,他不给我加班工资!"

"那他肯定是狗了!"王总叫道,"狗日的资本家。"

说完王总又失落地说:"其实我也是资本家,我不想当资本家的,这样我跟狗有什么区别呢?"

据说,王总首次发现王伟峰是在二〇一二年,那时王总在宿迁做羊肉生意,他从南通海门运山羊回宿迁。海门羊肉,很有名的,他们是带皮烧的,很好吃。有一天王总在苏北羊肉峰会上认识了王伟峰,王伟峰是南通人,养了一辈子羊,然后就发生了可怕的一幕,"我向王伟峰订了一只母羊,然后我们去泡温泉,就是那种养了很多鱼的温泉。我就发现,那些鱼在给王伟峰口交,我绝对没有看错,王伟峰在浴池里脱掉了裤子,四五条鱼就围了上来。"

我说:"这他妈是什么鱼啊?"

王总说:"锦鲤啊,转发有好运的那种!"

"小刘啊,你不要不相信我,我一开始也不信的,直到我去领我的母羊,远远地就听到母羊的叫声,咩咩咩～咩咩咩～"

王总咩咩了十分钟，一脸愉悦的表情，"反正就是这样的叫声，你知道的。我的那只羊，长得像美羊羊，我很喜欢它，期待着和它能幸福地生活在一起，但是我却看到，她和王伟峰在做些什么！"

王总的声音颤抖了起来："第二天，那只羊居然不肯跟我走！王伟峰说，它不喜欢你！开什么玩笑！我宿迁王总，做了二十年羊肉生意，哪只羊不喜欢我？"

"我了解那种心情。"我说道，"你不需要说下去了。"

说到这里，宿迁王总，当然也是南京牛蛙小王子，跪在地上哭了起来，"我去找警察，但是没有人相信我的话。小刘啊，你想，王伟峰这种人的存在，势必会对全人类造成威胁。以前他只是控制一些小羊小鱼，哪天他控制了小猪小狗小猫，人类不就完了吗！"

"我的儿子王强的死，就是明证。那些小鱿鱼、大马哈鱼、小螃蟹，看看它们对我的儿子做了些什么！"

没想到，王强就是王总的儿子。

我已经说不出话来了，我能说些什么呢？二十一世纪怎么会这个样子？我小时候是绝对不会有这种事情发生的。我暗下决心，一定要回到二十世纪。

我表哥，泰州张伟，研究了二十年时间机器，一直没人埋解他，当时我就决定从明年开始把工资交给他，支持他的事业，我一定要回到二十世纪，沐浴在一九九七年的阳光中喝国产可乐。我就这么想着，王总突然说："不要害怕，小刘，人类的潜力是很大的。这是一个多灾多难又充满希望的世界，原因就在于有一群人始终默默守护着人类文明，在黑暗到来时燃起火炬，他们以自己的生命为燃料，在历史的暗处燃烧！燃烧！燃烧！"

那一刻，我仿佛看到了我的父亲，还有张喵喵的父亲，以及小陈土菜馆的老板。

王总继续说道："小刘啊，我就认识这样一群英雄，他们已经不在这个世界上了，每每想到与他们共事的岁月，我就会默默流泪，他们都是很优秀的人。"

"宿迁的许培苏，木匠，他做的椅子我已经用了二十年了。刘兴宇，也是宿迁的，开潮汕牛肉火锅店，他从来不说'我们的毛肚是空运的'这样的话，这种人就很实诚。还有小陈,徐州人,做什么的不知道,他很年轻,非常年轻。"

"开饭店的。"我说。

王总一脸惊喜:"你认识啊?我就说嘛,餐饮人都是很厉害的。"

王总继续回忆:"二〇一二年初,我在网上发帖子说世界末日就要来了,有没有人愿意和我一起去阻止这一切,大部分人都说我是神经病,只有他们三位,义无反顾地抛弃了安稳的生活,跟我一起去阻止王伟峰。我不是说别人懦弱,追求安稳是人之常情,但我们总得为后代想一想,我们的事迹将为后代所传颂。你看看这个时代,吟游诗人都没有了,这是什么丧心病狂的时代,所以孕育出王伟峰这样的怪物我一点也不奇怪!"

我问:"所以,你们失败了吗?"

王总从地上站了起来,准确地说是爬了起来,不停地喘着气,"我老了,我以前是可以跳起来的,我老了。"

他叹了好长一口气,望着我说:"是的,我们失败了。在出发去王伟峰家之前,我们四个人一起喝了顿酒。妈的苏北假酒害人，小陈喝了十斤，当时就不行了，许培苏和刘兴宇也喝倒了，等我醒过来的时候，他们三位都不在世上了。我把他们火化埋掉，再去南通的时候，王伟峰早就不在那里了。"

"这真是让人感到遗憾啊。"我说。

王总说："历史会记住他们的。"

说完王总从柜子里拿了瓶杀虫剂出来，他一脸严肃地说："好在上天让我在南京遇到了王伟峰。我昨天已经放出消息，小强网吧开业，留言点赞第一名就能得到一块GTX Titan，果不其然，第一名是王伟峰，所以，今天他一定会来的。"

"十年前没能杀死他，这段恩怨我要在今天了结。我准备了杀虫剂，还有狗粮，他绝对不是我的对手。他能控制什么？大城市里什么都没有，除了蟑螂和泰迪。"他问我，"害怕吗小刘？你可以现在就走，毕竟你是年轻人。这历史的重担，就由我这个老头子来承担吧！"

阳光透过窗户打在王总身上，那一刻我有一种在阅读伟大文学的感觉。

我说："不了吧，我要留下来见证历史。我一直都很想做一名吟游诗人,英雄的事迹,总得有人来传唱是不是?"

然后王总给了我一瓶杀虫剂,我们坐在网吧里,等待王伟峰。

可是直到太阳下山,王伟峰都没有出现。

"我的故事讲完了,我得走了。"我跟张喵喵说。

"去哪里?"张喵喵问我。

已经快零点了,新年即将到来,马路上满是往鸡鸣寺走的人,他们大概是去祈福吧,"明天和今天会有什么区别吗?"我自言自语。

"我最近老是梦到我爸。"张喵喵说,"他背着他的工具包,那是个黑色的包,他用了很多年了,破烂不堪。总之,他背着工具包,骑着自行车,我坐在后面,然后我掉了下去,趴在地上哭,他回头看了看我,却没有停下来,他一直往前骑,用力蹬着踏板。在梦里,那条路好像没有尽头,好像前方有一场仗等着他去打,他无法拒绝。"

"我老是做这个梦,很多次了,我蛮想我爸的。"

我告诉张喵喵，我可能见到过他爸，"有一次我在路上遇到一只狗，它追我，我就跑，我跑了很久很久，那条路也好像没有尽头一样。最后你猜怎么着？一根电线从天上荡了下来，把那只狗电死了。"

张喵喵一脸疑惑地看着我，我说："我的意思是，也许这是你爸做的呢？也许他成功地进入电力系统了呢？"

"也许吧，那也挺好，他自由了。"张喵喵露出了欣慰的表情。

他问我，真的能找到王伟峰吗？我摇摇头。他又问，世界末日是不是推迟了？我继续摇摇头。

也有可能世界末日已经发生了，只是我们没有察觉呢？

我起身准备走，张喵喵说："我们是哪一年上大学的？我好想回到那一年啊。那以后，这个世界好像都不太正常了。"

我是二〇一二年上大学的，那年我十七岁，我发自内心地觉得，二〇一二年之后，时间就停滞了，这个世界掉入了一个冰窟窿，那里有很多我们人类从来没见识过的东西。

张喵喵走后没几天，我收到父亲发来的讯息，他说："儿子，回家考个公务员吧。我年纪大了，我和你妈妈都希望你能考上公务员，一劳永逸，有什么不好的？"

我回复道："爹，进入电力系统吧，一劳永逸，有什么不好？"

但我确实要离开大城市了，这里没有梦想，除了蟑螂和泰迪，别的什么都没有。

临行前我去了一次迈皋桥，我曾经委托老板去查王伟峰的行踪，在迈皋桥，南京哥谭之一的公共厕所附近，我找到了王伟峰的住所，一个不足六平米的工具间，平时是厕所保洁放置拖把扫帚的地方。

王伟峰不在，不知道是不是出去蹭饭吃了。房间里有一张床和一个床头柜，角落摆置着水桶拖把。王伟峰的床单破破烂烂的，在床头柜上我发现了一张照片，"南京大华电厂一九八八年建厂合影"，照片上，王伟峰和王总站在一起，两个人的笑容青涩又腼腆。

厕所保洁告诉我，年轻时他和王伟峰一家是邻居，也是电厂同事。一九九四年，电厂改制，工人闹事，王伟峰的兄弟，当时是厂里的小领导，代表工人和厂方谈判，"他拿了钱的，然后工人就散了，不过据说后来厂方也没兑现给他，没有给他钱。"

然后一切都变了。

此后二十年，王家兄弟老死不相往来。"也没个正常人了，没有人是正常人了，都不正常。伟峰没有结婚，他兄弟结过婚，老婆跑了，有个儿子，打小就很胖，喜欢吃东西，成绩不好。那个时候，我老是见到老王骂他儿子，废物，废物，就这么骂他。"

保洁无法停止回忆，他继续说道："老王儿子高考那年，请我们周边邻居吃了顿饭，儿子考上大学了，老王想让儿子报电气工程，儿子不愿意，然后就吵架了，儿子跑了，再也没回过家。"

据说经常有人在王强坟边目击到来上坟的王总，他会在坟前自言自语，说些"早知道就不逼你学电气了"这样的话。

有时候王伟峰也会来，只是两兄弟相见，从来都不说一句话。

妈的，都是电气工程的错。

243

客户说什么都是对的

小宇去见客户,他很紧张。

这是他第二次单独见客户,还是不敢,以前他都是跟在上司后面,只要装作听得懂的样子,然后吃点客户提供的糕点就可以了。可是他的上司,来自安徽蚌埠的常女士搞到了一笔五百万元的订单,为了让项目能更好地完成,常女士直接跑到甲方公司去上班了。

临行前,常女士发表了一场热情洋溢的演讲,她说:"我们就要发财啦,在座的各位都是公司初创人员,以后都是能发财的,年薪百万,拿期权干股,住'大别野',这些都不是梦。"

这场演讲在众人的哈哈哈哈声中结束了,可是小宇一点也高兴不起来，他忧心忡忡地跟我讲他不想活了。我问："你怎么了小宇？是年薪百万不够诱惑还是'大别野'住着不舒服啊？"

小宇说："刚才王总给我打电话，让我去谈下个月的方案。"

我问："哪个王总？"

小宇说："叫你刘总的那个。"

"不得了。"我下意识地说道。

工作不过一年，我至少认识了二十个王总，他们都没有给我留下很深的印象，除了这个叫王强的男人。我至少认识上百个叫王强的男人，他们中有的在北京做新媒体运营，有的贩毒被抓进去了，还有的上天了。我感觉刚认识的这个王强是其中最神秘的一个。

我和王强相识于李总的五十岁生日宴会上，李总是做四川火锅的，主打健康养生主题。他这个项目交到我手上时我说去你妈的吧，火锅健康个屁。

那时候小宇拦住了我，他跟我讲，客户说什么都是对的。然后我就给李总做了个方案，大概是吹了一下我们的火锅有多么健康，用的都是进口橄榄油，矿泉水锅底,绝无任何添加剂,所感受到的鲜味全部来自食材本身。我们在南京郊区有一家养殖场,你吃到的小鸡小鸭小牛小猪都是当天早上现杀的,我们有二十辆冷链车,真正做到了从农场到餐桌全冷链运作。你要是不信就把我们的锅底喝掉吧!喝不死的!谁能喝完当场免单!

这个方案出来后效果非常好,很多人跑店里去喝锅底,没有一个人能喝完的,除了王强。

当时,李总正在小李火锅宴请宾朋给自己庆生,他说:"今天谁能把我们这个健康锅底喝掉,我就在免单的基础上给你小李火锅10%的股份。"

即便这样还是没人能喝下去,我有点想自己喝了,理论上我小刘什么都吃得下,不然我也不会长到二百一十斤的。可是我们老板说过,做活动策划要有职业道德,不能自己参与活动,给自己发奖品。以前就有一个叫汪大的员工,每次活动自己都参与,比如留言点赞送大礼包,然后把奖品发给自己。在一次"谁是勇者!户外极限大挑战!"的活动中,他被野生霸王龙吃掉了。那次奖品是河西的一栋房子,汪大走了一条只有自己知道的近路,一个月后人们在一堆排泄物里发现了汪大的手指,这就是活生生的反面教材。

就在我下定决心不参与此次活动时,李总对我说:"小刘,你来试试嘛,给你股份。"

听他这么说我立刻端起锅喝了起来,老实讲,真的喝不下去,有一股百事可乐的味道。初恋女友就是因为我不喜欢百事可乐而跟我分手的,狗日的百事。

除了让人恶心的可乐味,我还感受到一股腥臭味。我已经很久没有做爱的欲望了,为此我咨询过我的朋友,苏州儿童医院的陈医师,陈医师说:"这是很正常的,不要担心,你要学会接受,毕竟你不是十四岁了,你快三十了,拿着三千的月薪,朝九晚九,一周六天。"他捧着搪瓷茶杯,喝了口枸杞泡的茶,继续说道:"你说你跟死了有什么区别?"

没有。

"昨天我院来了个十三岁的小男孩,他觉得自己的睾丸太大了。我对他说,不要担心,这很正常,十三岁呀,多么美好的年龄!他肯定不懂我在说什么!"

说完陈医师开始哭泣:"朋友,你说我为什么要当医生呢？仿佛，我是一把可以给出宇宙终极答案的万能钥匙。上周我妈打了个电话给我，她哭着对我说，你爸已经两个月没碰我了！你给他看看，他是不是有什么毛病！还是他在外面有人了！

"我请假回家，看见我爸坐在床上，捂着下体，异常痛苦。但是我爸还是对我说，儿子，不要担心，我都六十岁了，没了就没了。看得出他已经失血过多，有点神志不清了。

"我叫了救护车，然后对我妈说，这很正常，你得学会接受，我爸已经不是三十岁了，他都六十了，六十跟死了有什么区别？我想报警，我爸说不要不要，我爱她，我理解她。啊！可怜的男人！不过报不报警已经不是我们能决定的了。"

陈医师叹了口气，捧起他的搪瓷茶杯，上面写着"国营葡萄糖厂一九九四年留念"，杯子里已经没有水了，陈医生指着杯子说："我爸以前单位送的，后来那个厂倒闭了。这个杯子我一直在用，上大学时喜欢用这个泡面吃，现在用它来泡枸杞。

"大学时泡面通宵打游戏，二十五岁以后泡枸杞加班，人生的不同状态嘛！你要学着接受，不要一有什么变化就大惊小怪的，我只是个医生啊，我能怎么办？你他妈做个人吧！想想自己多久没做爱了！不要老是来烦一个医生，我只是个医生啊！我能怎么办！"

好吧，有记忆的性生活离我已经很遥远了，仔细回忆一下，勉强还能想得起来，大概是大学四年级的事情，那时我还没有工作，每天就是吃饭睡觉打游戏，在DOTA2的2000分鱼塘徘徊，然后我在Steam上认识了一位来自宿迁在美国读书并且在上海有两套房子自称小镇女孩的酷女孩。

她大概有3000分的样子，第一次见面她问我，小刘，我打了四年DOTA，每天都打，却一直是这个分段，你说这种行为有什么意义呢？我喝着可口可乐说，没有呀，有什么意义，活着也是这样的呀！你想想，过去四年你的生活有什么变化吗？人一生中最美好的时间在十八岁之前就已经结束了，以后的日子就是不断重复然后靠回忆活着罢了，你说是不是这个道理。

当我把脑袋埋进她的两腿之间时，那种感觉就像回到了母亲的子宫里，子宫应该是这个世界上最温暖的地方。但我们都知道，这是不可能的了。

我们在宾馆里躺了三天后，酷女孩说，小刘我得走了。我说不要离开我。但我们都知道，这是不可能的。总有一天你会离开我还是我会离开你，反正总有一天会变成这样的。她跟我讲，人得学会接受自己的命运。已经不止一次有人这么跟我讲了。临走前她咬了下我的嘴唇，留下了很深的牙印，疼死我了，也许还种了草莓，我退房时，前台一直在笑我。我的样子一定很狼狈。

那该死的命运是什么东西呢？

酷女孩会回到美国，继续她的学业，也许若干年后会回来继承资本家父亲的产业，也许会留在美国，也许会去欧洲，旅行、画画、拍电影。我不了解有钱人的生活，但我一个客户的儿子就是这样的，之前去谈方案，客户说，小刘我们准备去爱琴海玩，一起吗？我说不了不了。他儿子问我哪个大学毕业的？我哪个大学啊，徐州工程学院，听说过吗？我还没拿到学位证，我还需要再回去考一次试，这让我觉得，我还是个大学生呢。

所以，我的命运应该就是拿着三千的月薪，朝九晚九，一周六天，在某个秋天的午后，坐在小李火锅店，努力想喝下那该死的小李锅底，回想起了一些往事，然后我喝不下了。

李总说："小刘你不行啊！"

李总那二十岁的女朋友问："小刘礼拜天不陪女朋友吗？"

李总问："小刘你工资多少啊？"

我说："三千不到！"

李总那二十岁的女朋友说："我从来不跟年轻男孩子谈恋爱，他们好幼稚的。"

李总又说："工资不高啊，你有没有打听一下别的公司都啥价格啊？"

小宇忙说："都是一样的，我们工资算高的了。"

小刘我不想说话。

这种成功的中年男人脑子里大概都有一堆对话的套路，我跟常女士来探店时，李总就问常女士，结婚了没有？一年能赚多少？不多啊，有没有打听过别的公司高管都什么价格？

李总那二十岁的女朋友那次说的是"你用的啥口红啊"。我们常女士不用口红，她一个月能挣一万块钱，有两个孩子要养,母亲住院,丈夫是个建筑工人,多年前死于一次安装事故,一块钢板从他头顶滑落,把他的身体削成了两半。

李总并没有继续这毫无意义的对话,他拿起一把砍刀,准备切蛋糕了。宾客们纷纷站了起来,举杯唱起了《生日快乐》。

李总眼含热泪,"以前没人给我过生日的。"他用砍刀指着我说,"小刘啊,你还年轻,还有机会,我跟你讲,卡里要是没个几百万,你就等着每年一个人过生日吧。"

生日有什么好过的?这并不是一个值得纪念的日子,我要是从来没出生过该多好。我要是活到李总这把年纪,这种状态,我早就自杀了。他哪来的自信和勇气,去勾搭二十岁的小女孩,用他那中年男人的口水,去触碰年轻女孩的嘴唇。

女孩子,多么美好的存在!我小刘已经不跟女孩子主动发生关系了,我没有资格!

我这丑陋、扭曲、恶心的爬虫,我应该向小宇学习,比如,在李总说完后他立马接过李总的话说:"李总您说得对！您真是越来越年轻了！"

小宇虽然不敢一个人见客户，但他总是能在适当的时间说出适当的话，说的时候可能手里还拿着客户提供的糕点，很像一只招财猫了。

噢，大家都喜欢小宇，没人喜欢小刘。相比之下，我小刘就像一只沉默不语的猪。

李总很开心，他面对着蛋糕，高高举起手中的砍刀，所有人都看着他，等待刀落下的时刻。就在这时，紧闭的大门被打开了，一阵寒风裹挟着落叶吹了进来，门口居然出现了一个光头老男人，他长得像《风骚律师》里的迈克，不是《绝命毒师》里的迈克。

老迈克对着李总叫道："我王强，回来了！"

他端起离自己最近的一口锅，一口气喝了下去，他举起那口锅给我们看，一滴不剩。这个活动进行了这么长时间，终于出现了第一个胜利者。

老王强拿着那口锅，缓缓向李总走来。"我的儿子！"老王强说道，"兑现你的承诺吧。南方的烈日腐蚀了我的皮肤，寒风吹散了我的灵魂，我活不长了！"

"你这排场很大嘛，这么多人帮你过生日。噢，想想我们年轻的时候,谁会给我们过生日呢?"

"我为你感到骄傲,我的儿子!"

老王强一直在自言自语,没有人回应他。李总自始至终都没有转过他的脑袋,他的手一直保持着那个姿势,欲砍而不砍,妈的我心里好急啊!好想吃蛋糕啊!

差不多过了五分钟,老王强终于走到李总背后了,他举起那口锅敲了敲,说:"咚咚咚,我的儿子,我已经走到你跟前了,快转过来让我看一看你。"

李总还是没有转身,他说:"老人家,你走错地方了吧。"

老王强一脸的惊讶,"我是你的父亲,老王强啊。"

"也许你曾经是我的父亲,"李总说道,"在我二十出头的年纪,你是我街头的父亲,我下水道里的精神领袖,你教给了我许多,但现在,你不是我的父亲了,我也不是可怜的小李了。"

老王强扔掉了那口锅,他很无奈地说:"好吧,我的儿子,我知道了。"

他看了看我,对我说:"你就是刘总吧,你这个营销做得不错,有机会我们合作一下。"

不得了，被叫刘总了，感觉还不错，完了，我是个虚伪的中年男人了！"刘总"这个称呼可比小刘让人舒服多了！所以，当小宇说那个王总就是叫我刘总的老王强时，我决定跟着小宇去谈方案。

一般我们会在星巴克谈方案，南京的土老板都喜欢在星巴克谈方案，说是向北京上海看齐。其实星巴克并不是一个适合谈生意的地方，星巴克不适合做任何事情。老王强没有把地点选在星巴克，他约我们在河西一家火锅店见面，那家店也叫小李火锅。

正是吃饭的时间，店里却没有几个客人。老王强正坐在厨房门口抽烟，他看见我了，站了起来说："刘总！"

我说："王总！"

老王强又说了声："刘总！"

我又回了句："王总！"

老王强又他妈说了声："刘总！"

我则又回了句："王总！"

老王强说："刘总，你说什么？我耳朵不好！"

老王强真的是非常老了，人可能到了一个时期，每天都在衰老，昨天还在听摇滚，今天就聋了，昨天还在看电影，今天就瞎了，昨天还在与情人缠绵，今天就不举了。

我爷爷就是这样的，八十岁的时候他还知道我是他孙子呢，九十岁的时候已经不认识我是谁了，以为我是派出所的，要来抓他。我可怜的爷爷，他年轻时是个警察，年纪大了天天担心警察来抓他。他死前最后一句话是："他们终于来抓我了。"

我们走到老王强跟前，他指了指自己的耳朵说："我听不大见了。"

然后又指了指自己的腿说："我走不动路了！"

不敢相信，眼前的老王强还是那个能"咕噜咕噜"喝下小李锅底的王强吗？

我说："注意身体啊王总！"

老王强说："没用的，活不长了。"

老实讲，我并不是一个很擅长与客户交流的人。我只是个小编啊，我他妈只想做个小编啊，可是常女士跟我讲，你真的只想当个小编吗？你不想年薪百万住南京"大别野"吗？于是她就把跟客户对接的工作交给了我，每次见客户对我来说都是煎熬，可是我们整个公司都是只想当小编的废物，我不见客户谁见呢？

我见过一个养牛的客户，他非要我去他的农场住几天，我以为可以喝到最新鲜的牛奶，吃到最纯正的牛肉，但这些都是不存在的，他居然是个素食主义者，养牛也不是为了卖，他说："我想建立一个属于牛的国家！"

他晚上不让我睡觉，非要拉着我去看小母牛生孩子，以及小公牛操小母牛。"在城市你看不到这些吧！"他一脸骄傲，仿佛自己在郊区创建了一个动物乌托邦。"明年你就能看到了，未来的世界肯定是属于牛的！"他望着远方，眼里写满了希望。

我本来想连夜逃离农场，可是该死的小宇跟我说，客户就是上帝，这一单不做好，以后我们不要在这个圈子里混了。于是我就给客户做了个"如何称霸全世界"的方案。我告诉他，要掌握整个世界，就必须占领美国，美国如果臣服了，别的国家就都不是问题！

客户说："你说得很对，可是我要如何占领美国呢？"

我指着北方说:"朋友,你带着你的牛去西伯利亚,在最寒冷的时候越过白令海峡,去阿拉斯加,到了那里,你就成功一半了!"

客户给了我一个热情的拥抱,他眼含热泪,"朋友!我不会忘记你的!永远不会!"

说罢,他就一把火烧了自己的农场,带着牛往北方去了。听说他们最远只到了徐州,连江苏省都没出,他和他的牛,在十二月寒冷的黑夜里,被撞死在高速公路上。

跟这样的客户比起来,老王强算是比较正常的了。

我们的会面前后只有短短二十分钟,一阵寒暄之后我问他:"王总,你联系我们公司想做什么呢?"

老王强说:"刘总,你的资本家父亲呢?"

我说:"王总,我没有资本家父亲啊。"

老王强摇摇头说:"在这个世界上,没有资本家父亲的人都很惨啊,一生下来只能以一颗脑子赤裸裸地面对这个世界。但是,我们之后所得到的一切,都是我们用双手挣来的,非常非常了不起。"

我说:"王总,你说啥呢?我听不懂!"

老王强大概是彻底聋了,他自顾自地说着,"我三十岁时,开了家火锅店,叫小李火锅。那时候的小李只有二十岁,我把他从家乡带出来,给他吃,给他穿,我就像他的父亲一样。他那时候真年轻啊,在床上一晚上能做好几次,我爱他,我把什么都给他了,我的资产,我的爱,我的一切。"

"后来我们的火锅吃死了人,我知道是谁干的,我的情敌,隔壁老北京火锅的老板!他想夺走我的生意!夺走我的小李!我怎么能让他得逞呢?我想杀了他,我把他的脑袋按在他们家火锅里,然后我就被警察带走了。我的小李说,他会一直等我出来的。"

老王强大概是疯了吧,就跟我爷爷差不多,我说:"王总,我们没多少时间了,我还有事。"

老王强继续自言自语:"现在我出来了,小李他却装作不认识我,不过这都是可以理解的,他现在是个资本家了,手底下有十家火锅店啊,十家!我不怪他,只是,我要夺回我失去的一切,你能帮我吗?"

我说:"我当然帮不了你啦!"

小宇却捂住我的嘴说:"我们公司竭诚为您解决您

的问题！"

该死的小宇，老王强说他想夺回他失去的一切，他只是重复着这句话。我要如何帮他夺回失去的东西呢？我的人生经验告诉我，失去的东西是回不来的，我们又不是活在电影里。

我对老王强说："非常抱歉，我帮不了你王总。"

老王强讲："你一定要帮我啊刘总。"

我又对老王强说："注意身体啊王总。"

老王强又讲："你一定要帮我啊刘总。"

我帮不了他，这场面可真让人心酸，我想到了我那痴呆的爷爷。

我爷爷是我奶奶的第三任丈夫，他们并没有孩子，也就是说，我的爷爷没有自己的孩子。但是，在他八十岁那年，他突然说自己年轻时有过一个儿子，困难时期养不活，被自己送人了。他非常想见到自己的儿子，多年以来他一直很愧疚，一直在找，但是找不到，又不敢跟我们说，现在觉得自己要死了，还是说出来吧。

于是我们全家就去找，通过互联网居然找到了他的儿子。我爷爷的儿子，已经是个有三个孩子要养的中年男人了，两个女儿，一个儿子。他们来到我们的家乡，理论上也是他们的家乡才对，磕了几个头，流了几滴眼泪，拿出几万块钱，走了，从此杳无音讯。

我们都说，我那痴呆的爷爷肯定早就忘了自己有个亲生儿子吧。八十岁时他就不认识我爸了，九十岁时他认不出我是他孙子，他的记忆在一点点消失，临死之前，他只认识我奶奶一个人。不知道他儿子还记不记得自己有个亲生父亲，我们一度怀疑那不是他儿子，不过这些都不重要了。

失去的东西，即便找回来了，也会再次失去，然后这次会像从来没存在过一样，消失得无影无踪。

我转身走后，老王强还是不断重复着帮一帮我吧！后来他就不说话了，只是看着我。我在小李火锅店门口站了好长时间，那真是一家非常破败的火锅店，整个下午，我没见到一个顾客走进去。但是听人说，很久以前，这家店生意非常好，"纯净水锅底，人工片肉，每天小李就站在店门口切肉，围观的人特别多。"

几天后李总给我打了电话，说他父亲不在了，希望我们去参加他父亲的葬礼。我说还是不了，假期要来了，这段时间工作特别忙，客户都想放假前把事情谈好。我接了一个新单子，这位客户表面上是开奶茶店的，其实是做网盘生意，游戏公频里的小广告就是他这样的人发的。

"我想规模化，现在出货量太小了，一天也就几百单，情色产业是一块大蛋糕，我们的未来一定是无限光明的。"

老实讲我不太想做这单生意，这他妈是违法的呀！李总你怎么看啊？

李总说："年轻人嘛，要趁着年轻多努力，抓住机会，钱就那么多，你不赚钱，别人赚钱，总有一天你会明白的！"

而常女士则跟我说："小刘啊，勇敢一点，为什么我不花七千块招个经验丰富的人，而是花三千块招了小刘你？因为我对你给予了厚望，我相信不出三年你一定能够月薪百万住南京'大别野'的！"

总之，客户说什么都是对的，是这样的吧？

别让我消失

我想回家。

老板问大家放假有什么安排,热衷加班的同事脱口而出:"加班,推进一下当前的项目。"当时我就想把他捅死,然后清明节组织大家去给他上坟,就当团建了,便宜又好玩。

上坟真的挺好玩,我小时候最喜欢清明,那时候大概是零几年,前奥运时代,大家脑子都不太好,我爹脑子也不太好,搞外遇被对方老公堵在单位门口,被捅了几刀,非常狼狈。据目击者称,我爹捂着肚子躺在地上,像一头胖蛆,蠕动着,呻吟着,"我真的爱她,真的爱她。让我们在一起吧!让我们在一起吧!"

嫌他吵，对方又往他头上砸了几板砖，送去医院昏迷不醒，也不忘呼唤爱人的名字。但他不知道的是，他的外遇对象，那个他嘴里的爱人，并不只爱他一个。

那之后我爹就失去了一部分劳动能力，从刘经理变成了刘工，整日无所事事，靠给人修电视机为生，赚来的钱都拿去买酒喝。苏北本地产的劣质啤酒，一块钱一罐，比百事可乐还难喝，他喝到那家酒厂倒闭，喝完他们全部的库存后就自己在家调，洗洁精配医用酒精，有几次差点死过去，救过来就开始流眼泪，"呜呜呜，我爱她啊我爱她啊，让我死让我死。"闻者伤心，见者落泪。

单位同事来看望他，言语间满是遗憾，"我还记得小刘你刚进单位时的样子，一晃这么多年过去了。为了女人，不值得啊。"

我爹则说："陈工！你真的爱你的夫人吗？"

谁都知道陈工没结婚，因为他没有生育能力，受工伤，输精管折断，海绵体撕裂，无法勃起，接上去也没用了。

当年陈工的工作总结是这样写的：我把自己献给了

国家，我无怨无悔。

厂里给他发了张奖状，有人看到他睡觉都抱着那玩意儿，大家戏言，那东西就是他的老婆。

不过好景不长，在一次工作中，他的重大失误导致停电事故，厂里将陈工的奖状收回。领导问："国家要收回你的荣誉，你可有什么要说的？"陈工反问："国家是谁？"领导说这个你不要问。陈工一直为自己辩解，说自己是老工人了，怎么可能失误呢？领导拍拍陈工的肩膀说："小陈同志，身体不行，大家都理解。心灵残缺，不承认错误，那就没有救了。"

从此陈工一蹶不振，上班睡觉，下班报复社会。他毒死过春风河里的小龙虾，挖过团结镇所有人家的祖坟。当地派出所让厂里解决这个社会不稳定因素，领导带着陈工去了单位仓库，指着堆成山的奖状说："多得很，你随便挑吧，不值钱。"

陈工一张都没有拿，从那里出去的他，不再发疯，变得沉默寡言，偶尔有人看到他坐在工位上流泪。

据我爸回忆，为了安慰陈工，他曾想把自己的纪念品送给他，那是一个搪瓷杯子。陈工没有要，只是流泪。"看来他正常了。"大家说。流泪太正常了,哪个机床上没留下过工人的眼泪呢?

可就在大家觉得一切都归于平静的时候,陈工一把火烧了仓库。

那晚,他爬上工厂烟囱的顶端,就那么站着,等保卫处的抓他。火烧了整整一夜,太阳升起的时候,人们发现烟囱上多了一列字,"世界由工人的眼泪组成",写得歪歪扭扭,几乎都是错别字。问那上面写的啥?初中文化的我爹勉强辨认出了那些字,保卫处的听完说:"妈的这是想造反啊!"

陈工没有反抗,被抓去坐了几年牢。出来后,他直奔医院看望我爹。

见到被爱情折磨的我爹,陈工言语间满是遗憾,他说:"我还记得小刘你刚进单位时的样子,一晃这么多年过去了。为了女人,不值得啊!"

我爹则说:"陈工!你真的爱你的夫人吗?"

我爹说完那句话,陈工就哭了:"你何必这么说?你何必这么说?"

我爹却继续说道:"我跟你说实话吧,当年那场事故，是他们故意的，大家就是想搞你，就是想搞你。"

陈工平静地说："都过去了，不要再这样了小刘，我们都不年轻了。"

陈工留下一个苹果便离开了医院，第二天人们在工厂烟囱里发现了他的尸体，那是当年他亲手建起来的烟囱。"时代不需要烟囱了，时代也不需要我。"这是他的遗言。有人将矛头指向环保部门，还有说这是清洁能源的阴谋，亦有人说一九九八年电厂改制卖给私人是主要原因。但大家普遍认为，陈工之死要怪我爹，谁让他说那么多废话？

所有人都觉得我爹脑子不太好了，我也这么觉得，虽然理由并不相同。我觉得有些东西从他身上永恒地消逝了。他不再说人话，不再上班，终日酗酒，偶尔想创业，想发财，发不了财就开始哭。别人以为他在哭人生，只有我知道他其实是在哭爱情。爱情可能是一种病毒，谁染上它智商就会降低。人是万万不能追求爱情的，尤其是在结婚之后。

我爹疯了之后我妈也疯了，从某一天开始，小镇居民频繁目击到我妈出现在工厂楼顶、公园湖边，小镇的工厂最高不过两层，跳不死人，小镇的河流早已干涸，也淹她不死。有一天我半夜起来上厕所，听到我妈在哭，我问："妈妈你为什么哭啊？"她说："我买的安眠药是假的，没有用。"

就这样，在寻死的道路上，我的母亲颗粒无收，不过后来她开窍了，交了一个新男友，生活就完全不一样了。记忆中她的恋爱对象是个苏南人，做丧葬品生意，很有钱，开劳斯莱斯。他们公司最得意的产品是一款纯金的骨灰盒，名为不朽，可铭刻心愿祝福。我妈和他约会的时候总会带着我，有一次那个男人带来了那个骨灰盒，对我妈说："亲爱的，我永远爱你，死后我们的骨灰就放一起，永不分离。"

可能是无锡话，听得我怪恶心的。但我的母亲很开心，她说过，这辈子我爹连一束花都没送过她，有人送她骨灰盒，还是纯金的，那确实值得开心。她还说，当你想要什么的时候，苏北男人只会给你一巴掌。对此，我的父亲说，当你想要爱的时候，苏北女人只会让你上交工资卡，视金额决定爱的分量。从此，每每想到自己是个苏北人，我就会不自觉地笑出声来。我莫不是狗和狗生出来的畜生？

和所有爱情故事一样，那个苏南来的男人并没有兑现他的承诺。零八年，所有人脑子都不太好的时候，他贷款研究智能棺材，失败了。产品发布那天我和母亲还受邀去参加他的发布会，当时会场上没有几个人，他面无表情地念着PPT，"我是一个从小就没有妈的人，小时候看《圣斗士星矢》，看到冰河每天都游到大海深处去看望处于永恒冰封中的母亲，我就很受触动，我也想见一见死去的母亲，这就是我做这件产品的初衷。"台下零零散散有一些掌声，我妈鼓掌鼓得最厉害，但他并没有看我们。

说实话，那并不是一件成熟的产品，只是给棺材加装了制冷模块和摄像头，说不上什么极具创意。在之后的公司谢罪会议上，那个男人总结道："我觉得脑后插管，意识上传才是棺材的未来。冥币数据化是丧葬业的未来。打通生与死的界限，是每一位丧葬从业者需要为之努力的方向。"说完他就跳楼了。

死后那个男人用上了自己的智能棺材，他被葬在无锡市人民公园的湖底，他没有家人，怪可怜的。我妈帮他下葬，在一个夜黑风高的夜晚，偷偷进入公园，其实也不麻烦，那个智能棺材是带轮子的，PPT上还说能飞，不过我没发现飞行模块。如果是真的，死后升天，那也挺好。

失去爱人后，我的母亲又回到了以前的老路上去。寻死，死不了，周而复始。至于我爹，还是一样发疯。他们早就离婚了，但他们生活在一起，离不离其实区别也不大。搭伙过日子，觉得恨却离不开。

我的父亲母亲都是很普通的人，一九八四年，我爹初中毕业，混了几年，吃不起饭，随即进入工厂。他过得不是很好，体弱多病，营养不良，家里有一个不上班的大哥，两个羸弱的姐姐，年长的母亲，没有爹。据说这就是我是个弱智的原因，爹不行。

那年我的母亲在糖果厂做冰激凌，三色杯、蛋筒、绿豆糕，我的童年记忆，直到新世纪花里胡哨的冰激凌遍地开花，糖果厂轰然倒塌，时代骄傲也成为了时代的眼泪，在小镇，随便问一个给富人擦地板的中年女人年轻时是做什么的，她都会回答"在糖果厂做冰激凌"。

我的父亲母亲从小青梅竹马，关系很好，只是多年以后，他们都觉得自己爱错了人。作为普通人，他们无法教给我太多面对世界的方法，关于爱情、失恋，我从我爸那里学到的是喝酒和流眼泪，从我妈那里学到的是寻死。这么多年，他们总是重复同样的痛苦。

除了在清明节。

清明节，爹不喝酒，妈不寻死。唯有这天，他们是正常的，可能是因为苏北人都信鬼神。零八年之后，每到清明节我妈就通过网页给那个苏南人上坟，很平静地打开智能棺材附带的控制网页，类似于给主播打赏，点一下"唱歌"，棺材就会播放音乐，远程传达哀思，比烧纸文明多了。

我爸在没疯之前就极其重视上坟这件事，疯了之后尤甚。他会带上铁锹、冥币、杨柳树梢，拉上我，骑摩托车去城郊，给几个无名土堆除草。那几个土堆就是我们家祖坟，坟前只有无字石碑，我问为什么，我爹回答："因为我们全家都是文盲。"

有一年他指着靠南的土堆说："这里埋着我的奶奶，她这辈子都没离开过我们村。"然后指着靠北的土堆说："这里埋着我爸，他死前想吃红烧肉，我们没能满足他。"

第二年他又指着靠南的土堆说："这里埋着我的爷爷,我从来没见过他。"然后指着靠北的土堆说："这里面谁都没有埋,准备留给你奶奶的。"那一年,奶奶九十二岁,"老太太可能不行了"家族群里时常会传来这样的消息,最后总是空欢喜一场。全家人都期待她死,好分遗产。

祖坟土堆不止两个,我问别的土堆都埋着谁,他说不知道。我问我死后埋哪里,他说:"你随便选一个吧。"

我就开始找个造型好看的土堆挖,挖开,空的,随即往里面一躺,阴凉的感觉,很舒服,小小的空间弥漫着泥土的芬芳,做死人的感觉不错,我说:"我死了,我死了。"

没人理我,过了好久,我从坟里爬出来,春风吹拂着我愚蠢的面庞,我的父亲跪在他爸的坟前,双手合十,念念有词。我听到的是"老爷子保佑我发财"。

转眼他让我烧纸,我开始放野火,野火烧不尽,春风吹又生,我觉得这就是上坟的乐趣。

看着漫山遍野的大火，我爹说："你太奶奶就是被火烧死的，有一天她的房梁上出现了一个马蜂窝，她放火驱赶，最后就把自己烧死了。"

他说："你现在的爷爷其实不是你亲爷爷，在我很小的时候，我爹就没了。我爹是怎么出现的呢？有一天，长江上来了艘渔船，船上走下来一个男人，他就成了我的父亲，第二年，他得肝癌死了，我刚刚出生。"

肝癌这件事，我有所耳闻，母亲总是告诫我不要和别人说起我亲爷爷死于肝癌，"这说明你也可能会得肝癌，这样就不会有人爱你了。"

可是，谁又会爱我呢？没有的。看阿美利加作家写童年，总是写父亲带自己钓鳟鱼，随身携带一瓶威士忌，说着"人生毫无意义，我的兄弟保罗死在越南战场"这样的话，然后在某个平常的日子里一枪崩了自己。而我的父亲，带我上坟。每年只有在清明节时，他才会和我说那么多话，均是他的童年回忆。那是为数不多的亲子时间，那一天他不会酗酒，不会骂人，不会打我，不会揍我的母亲，因此我倍加珍惜清明节。

直到我十五岁，那年盛行搞房地产，有人主张死人给活人让路，把我们家祖坟给挖了，被挖的不止我们一家，很多人去要赔偿，我们也去了。

工作人员说："亲，你们家祖坟里面空的呢，这不能算祖坟呢。"

于是，我也就体会到了上坟的意义，那就是知晓自己的命运。所以有什么理由不爱清明节呢？有什么理由不喜欢上坟呢？

当老板问我们清明节有什么安排的时候，我脱口而出："回去给我妈上坟。"

末流985，英硕毕业的同事立马就说："我感到很抱歉。"那一刻，我感觉他像一个体面的白人。

我说："不，不需要抱歉，谁都会死妈的，谁都会的。"

老板说："是这样的，刚创业那会儿，我的母亲去世，很难过，但我还在公司加班。"

我知道他想说什么，即便死了妈也不能影响工作。这个畜生东西，如果我没记错的话，死妈那会儿，他正在会议室跟客户做爱。

我们都听到了，"叫妈妈。""妈妈！妈妈！"我们都听到了。

末了,我进去打扫卫生,老板指着桌子上的合同说:"成了,多学着点。"

接着,他抽了根烟,看了眼手机,很平静地说:"我是一个没有母亲的人了。"

相比他死了妈这件事,我更关心地上的红色块状物体是什么东西,他说那是他的痔疮。

没想到客户还好这一口,那个客户,刘总,五十岁的人了,她掌握着苏北一半的丧葬品市场,他们家的冥币质量很好,"普通冥币燃烧率在50%左右,他们家的能上90%。"什么意思呢?你给你妈烧一百块钱,你妈能收到九十块,差不多这个意思。当然,这是他们的广告文案,至于咱妈是否真的能收到,我也不知道。

刘总是个守旧派,不怎么追求与时俱进,对开发死人用的支付软件这种事情没有兴趣,苏北有个传销团队伙同一群211985程序员做了款纪念死人的app,就是智能AI模拟死去的母亲陪你说话,给它打钱它还会感谢你夸奖你,"儿子乖""女儿真好"……有些缺爱的智障下载了那个app对着手机一边打钱一边嗷嗷哭,"真的是妈妈！真的是妈妈！我妈活了！"他们就这么举着手机涕泗横流。

这种弱智实在太多，就因为他们的存在，死人支付软件一年赚了十几个亿，他们的广告文案"想再见一眼你的妈妈吗？"也成为了当年广告行业的现象级产品，老板总让我们学它，而我脑子里只有一句"你妈死了没？"

我和刘总一样，不喜欢那种花里胡哨的东西。越来越多的人选择用手机寄托哀思，而不是去坟头烧纸，这让她感到焦虑。至于智能棺材，那更是无稽之谈，"活人和死人的世界各行其是，互不干扰，钱是我们唯一沟通的桥梁。"这是她的名言，曾有手下背着她偷偷开发新式棺材，类似于苏南人搞的那种，据说也是想见死去的妈妈，被刘总一把火烧成了灰。这下他真的能去见他妈了。

"所以，你妈是怎么死的呢？"老板问我。

我知道，我是逃不开这个问题的。曾经有同事请丧假，被要求证明他的亲人真的死了。发照片不行，有P图嫌疑，发死亡证明也不行，谁知道你是不是伪造的。

最后他把亲人的尸体搬到了公司会议室，老板注视尸体良久，难以掩盖猥琐的笑容，我怀疑他勃起了。

我母亲去世的细节，我已不大清楚。当时我在一家自动门加工企业做文职工作，得到这份工作得益于我大学期间自学过CAD，HR让我画个门，我就画了个长方形的东西，她问我："就这？"我又加了个圆圈，说是门手把，"你真幽默。"我就被录取了。

进入公司后他们安排我给老板写文案，二十一世纪的资本家们都有一颗网红的心，他们不满足于在经济上支配大众，他们还想在精神上做大众的爹，而他们对真正支配自己的东西却敢怒不敢言。

他们中有的人想做马云，有的人想做任正非，大部分人想做皇帝。我的老板比较奇葩，他想做脱口秀艺人，让我给他写脱口秀艺人式的段子。那绝对是我这辈子最痛苦的一段经历，以至于多年以后，某次相亲，被问及日常爱好是什么，我说上网骂人，对方笑称她也喜欢上网骂人，一看她的微博，满屏幕都是辱骂中文脱口秀艺人的时候，我立马就想和她去领证了。无奈我的苏北出身不符合她父亲的期待，最后遗憾错过。

总之，那个时候，我过得一点也不好。那份工作没干多久我就被解雇了，理由是我写的段子让老板看起来像一个弱智，他都不好意思发朋友圈。那就对了呀，那就对了。

失业之后我尝试回家住一阵子，因为我实在交不起外面的房租。回家的时候，房门大开，我以为家里进了贼。不过，我们家实在也没什么好偷的，除了煤气罐。有一年春节，家里就进了小偷，年初四早上我想煮点馄饨吃，发现煤气罐没了，厨房桌子上还留有一张纸条，上面写着"穷逼"。我问发生了什么，我爹说财神爷来了。第二年春节，那个小偷又来了，不过这次他运气不怎么好，把煤气罐搞炸了，我们没能找到他的尸体，可能是被我们家狗吃了。我们家养了两只狗，一只叫苏苏，一只叫北北，寓意"苏北人永不为奴"！那也是我们镇一个传销组织的名字，我妈在里面短暂待过一阵子，除了赚不到钱，她对他们印象还不错，尤其是他们组织的名字。

回家那天我什么都没有干，就坐在客厅里，我不确定有没有贼，苏苏和北北并没有叫，不过我也没有看到它们。那是夏天，却听不到蝉鸣，我一度怀疑我聋了，直到我听到楼上传来的呻吟。

不一会儿我妈就下来了，她搂着一个男人，他们站在楼梯上，完全没有意识到我的存在，她吻他，他也吻她，她看起来心情不错。

那个男人叫姚正东，五十多岁的样子，长得挺胖，没有头发，瘸了一条腿。他上下楼梯是一跳一跳的。他们怎么认识的，不知道，可能是在传销组织认识的，也有可能是通过"世纪佳缘"，或者是跳广场舞认识的，谁知道呢？

那时候我母亲快五十岁，一个人的生活很难熬，如果有人爱她，那我为她感到开心。

我妈发现了我，她倒也没有很惊讶，只是问我："今天放假？"

我点点头，那个叫姚正东的男人跟我打了个招呼，说你好，转头对我妈说："你儿子还挺帅，像你。"

我活了二十多年，第一次有人说我帅，那明显是假的。

我妈去冰箱里拿了几瓶啤酒，电视机坏了，我们在客厅里都没有说话。

过了会儿,姚正东问:"今天吃什么,还是大白菜粉丝豆腐泡吗?"

我妈笑了笑。

然后我爸回来了,他穿着十年前的工作服,已然洗得发白,只有胸前的电力符号能看出来那是一件工作服。

我爸进门后,径直走向冰箱,他还是老样子,又喝了起来。

"他妈的,冰箱是不是坏了?不冰啊。你们快来看看,肉都要坏了。"我爸叫道。

他把冰箱里的肉都拿了出来,我闻到一阵腐臭味,他说:"晚上我们就吃这个吧,不吃浪费了,不吃浪费了。"

姚正东看着我母亲,问道:"这是哪个啊?"

我妈很小声地说:"我的前夫。"

我爸把肉扔在一边,继续喝酒去了,他边喝边唱歌,唱的是《伤心太平洋》。姚正东看了看我,我指了指自己的脑袋说:"他脑子不太好。"

最后我爸还是来到了客厅，他和姚正东握手，对姚正东来说，要站起来着实不容易，但他还是站起来了，或者说是，跳了起来。

我爸问他腿怎么了，姚正东说被人砍的。

姚正东问我爸是做什么的，我爸回答："电工，修电视机的。"

姚正东说："这么巧，我修冰箱的。不过现在改行卖药了。"

我爸说，现在修东西这一行不好做了，大家东西坏了基本上就直接扔掉了。

"确实，确实。"姚正东说，"太难了，太难了。"

其实后来也没有那么难了，那是很久以前，所有人都疯了，所有人都在乱搞。我的母亲疯了，她在和别人乱搞的时候，我失业了，我疯了，我爸也疯了，我们在家里见到了我母亲的恋人姚正东，他也疯了。

姚正东结过两次婚，没有孩子，年轻时他有一套房子，在城北团结镇，他死去的父母留给他的。他的第一任妻子希望他把房子送给她，作为爱情的见证，姚正东说自己要思考一下，他妻子的妍头就给了他一刀，他就这么瘸的。

后来他遇到了他的第二任妻子,他爱她,把房子给了她,那时候他们还没有领证,再后来他就被赶出了自己家。他在城南租了套小屋子,那房子在公共厕所旁边,"一到夏天,墙角就会有蛆钻出来。"

姚正东靠给人修冰箱为生,那种八十年代的冰箱。行情不好,没有人用旧冰箱了,他就改行卖药,主要是一些提高性功能的药,不知道有没有用,反正没有吃死过人。

他喜欢跳广场舞,虽然他有一条腿瘸的,大家都叫他"独腿舞王",这也是他的互联网昵称,他的签名是"如果你看到一个独腿稻草人在风中飞舞,那就是我"。没人知道那是什么意思。

我们认识的那天,他待到很晚,我们喝了很多酒,一同享受了冰箱里的腐肉。那种肉其实没那么难吃,剁成馅,加点胡椒,做成丸子油炸,很美味。

吃饭的时候,我有一种回到小时候的感觉,有爸爸,有妈妈,还有美食。就那种感觉。

所有人都哭了,我,父亲,母亲,还有姚正东。在他们都疯了好长一段时间后，终于在晚饭餐桌上，大家都变得正常了。

姚正东走后，我的母亲上楼睡觉。我睡在楼下沙发上，父亲睡在仓库里，与废品为伴。

第二天早晨，我上楼叫母亲吃早饭。

我推开房门，发现她仰面躺在床上，嘴巴微微张开，已经没有了呼吸。

她的床头，放着一罐安眠药。

这次，她没有买到假药。

图书在版编目（CIP）数据

别让我消失/刘书宇著. -- 上海：上海文艺出版社，2022（2023.1重印）

（有趣书系）

ISBN 978-7-5321-8386-9

Ⅰ.①别… Ⅱ.①刘… Ⅲ.①短篇小说－小说集－中国－当代 Ⅳ.①I247.7

中国版本图书馆CIP数据核字(2022)第166436号

发 行 人：毕　胜
责任编辑：李伟长　余　凯
特约编辑：王若虚
封面设计：人马艺术设计·储平

书　　名：别让我消失
作　　者：刘书宇
出　　版：上海世纪出版集团　　上海文艺出版社
地　　址：上海市闵行区号景路159弄A座2楼　201101
发　　行：上海文艺出版社发行中心
　　　　　上海市闵行区号景路159弄A座2楼206室　201101　www.ewen.co
印　　刷：上海盛通时代印刷有限公司
开　　本：787×1092　1/32
印　　张：9
插　　页：2
字　　数：131,000
印　　次：2022年10月第1版　2023年1月第2次印刷
Ｉ Ｓ Ｂ Ｎ：978-7-5321-8386-9/I·6619
定　　价：55.00元
告 读 者：如发现本书有质量问题请与印刷厂质量科联系　T:021-37910000